PLATEBANDES

Du même auteur :

L'art discret de la filature, roman, Québec/Amérique, 1994.
Un mariage à trois, roman, L'instant même, 1997.
La petite Marie-Louise, roman, L'instant même, 2001.
Cavoure tapi, roman, L'instant même, 2003.

ALAIN CAVENNE

Platebandes

roman

L'instant même

Maquette de la couverture : Isabelle Robichaud

Photographie de la couverture : Marcel Taillon

Photocomposition : CompoMagny enr.

Distribution pour le Québec : Diffusion Dimedia
539, boulevard Lebeau
Montréal (Québec) H4N 1S2

Distribution pour la France : Distribution du Nouveau Monde

© Les éditions de L'instant même 2004

L'instant même
865, avenue Moncton
Québec (Québec) G1S 2Y4
info@instantmeme.com
www.instantmeme.com

Dépôt légal
Bibliothèque nationale du Québec, 2004

Catalogage avant publication de Bibliothèque et Archives Canada :

Cavenne, Alain

    Platebandes

    ISBN 2-89502-195-3

    I. Titre.

PS8555.A875P52 2004   C843'.54   C2004-941367-8
PS9555.A875P52 2004

L'instant même remercie le Conseil des Arts du Canada, le gouvernement du Canada (Programme d'aide au développement de l'industrie de l'édition), le gouvernement du Québec (Programme de crédit d'impôt pour l'édition de livres – Gestion SODEC) et la Société de développement des entreprises culturelles du Québec.

Remerciements

Je remercie Christian Benoît, Élizabeth Lacroix et Stefan Psenak, qui ont lu des premières versions de ce roman et dont les observations m'ont été précieuses. Je remercie également le Dr Louis-Raymond Trudeau, médecin pathologiste au Laboratoire de sciences judiciaires et de médecine légale du Québec, qui m'a prodigué ses bons conseils dans un domaine où je m'aventurais sans filet.

Enfin, je tiens à exprimer toute ma gratitude à Marie Taillon, dont la compétence et le jugement m'ont beaucoup aidé au fil des ans. Je souhaite à tout écrivain une éditrice aussi généreuse, minutieuse et délicate.

À mon ami Ghyslain

Un

Eɴ ʀᴇɴᴛʀᴀɴᴛ ᴅᴇ Bois Sᴇ́ʟᴇᴄᴛ, Félix trouva une note de Myriam sur le babillard à l'entrée.

13 h. Partie faire des courses, puis CLSC (psy). Retour vers 15 h 30.

XOXO

Avant le retour de Myriam, il avait le temps de mettre le poulet à mariner, de passer un coup d'aspirateur. Il sortit les poitrines, alluma la radio. Il écouta *Poison rouge* d'Offenbach, *Isn't Life Strange* des Moody Blues, *Your Song* d'Elton John…

Myriam trouva Félix en bas dans l'atelier. Il taillait les pièces pour l'armoire de Madeleine Rouleau. Une agréable odeur de pin flottait dans l'air. Elle avait dit à Félix, au début de leurs fréquentations : « Je te trouvais déjà beau et fin, mais je suis tombée en amour avec toi le jour où j'ai mis les pieds dans ton atelier, l'odeur du bois m'a tourné la tête. Ça sentait toi. » Elle avait à peine exagéré. Quand Félix lui avait montré les objets et meubles qu'il fabriquait, les outils qu'il utilisait, le cœur de Myriam avait définitivement craqué. Ce jour-là, le buffet n'avait pas tellement bougé.

Myriam vint l'embrasser.

– Tu avances ?

– J'achève de couper mon bois, demain je commence à travailler au ciseau. Comment c'était avec la psychologue ?

– Bien. Aujourd'hui, j'ai eu une assez bonne journée. J'ai pris une décision, je t'en parlerai plus tard.

– Tu m'énerves avec tes « plus tard » ! En passant, j'ai fait mariner le poulet, j'ai pensé qu'on mangerait dehors. Tu me raconteras.

– Je reprends le boulot, dit Myriam avec un sourire. Le comité m'offre de travailler à mi-temps le premier mois. Et je repense à l'idée du détective, ajouta-t-elle, plus sérieuse, je veux t'en parler. Plus tard. J'ai encore une course, ensuite j'ai un chèque à déposer.

– J'ai passé l'aspirateur et je te signale, ma chère, que ton peperomia a de la misère, j'ai enlevé des feuilles mortes. Tu devrais lui donner de l'engrais et le rempoter. Il étouffe dans son pot, les racines sortent par les trous…

– Je sais. En revenant, je m'en occupe. J'arrête prendre un rosé, ça va ?

– Prends donc deux bouteilles, tant qu'à y être.

– Une pour demain pendant que tu vas « travailler au ciseau » ? Je te connais. Et je me charge du barbecue, ne commence pas sans moi. Merci pour l'aspirateur, t'es un amour !

– Myriam, j'ai fait un peu de ménage, je n'ai pas changé les armoires de la cuisine ! T'es drôle, des fois.

– J'ai rien que ça à faire. Toi, tu as ton travail.

– J'ai une blague pour te ramener sur terre. Pourquoi les femmes ont les pieds plus courts que les hommes ?

– Je ne sais pas…

– C'est le fruit de l'évolution : pour qu'elles se tiennent plus près de l'évier quand elles lavent la vaisselle.

– Ha ! ha ! Comme tu vois, je ris à gorge déployée. Moi aussi je t'aime !

Myriam disparut dans l'escalier. Merci pour ceci ou cela, merci pour n'importe quoi. Comme s'il avait outrepassé ses devoirs. Il désamorçait en faisant des blagues, même mauvaises. Il était connu qu'il torchait bien, il frottait dans les coins qu'elle avait tendance à négliger, surtout dernièrement. Elle était ainsi depuis un temps, Myriam, pleine de gratitude, exagérément reconnaissante. Son comportement était emprunté, elle se tenait à distance d'elle-même. Elle s'était déjà mieux portée.

Il abaissa son masque et reprit son ouvrage. Il coupa son bois de façon mécanique, poussant la scie sur les lignes tracées au crayon, l'esprit ailleurs. Myriam revenait du CLSC. Elle avait rencontré la psychologue et, toute pompée, elle avait pris une décision, des décisions. Les bonnes ? Pour son retour au comité de logement, probablement. Quant au détective, il aurait mieux valu qu'elle attende. Avait-elle l'énergie de se lancer dans une telle entreprise, la force d'encaisser les secrets qu'elle risquait d'apprendre ? Il avait tenté de la dissuader ou de l'amener à retarder ses recherches. Elle disait qu'elle avait besoin de savoir pour s'en sortir et, opiniâtre comme elle l'était, elle avait peut-être raison.

Le sciage terminé, Félix glissa un disque dans le lecteur, le livre II du *Clavier bien tempéré*. Au même moment, *Voyager* circulait quelque part à l'extérieur du système solaire, contenant vingt-sept morceaux de musique, dont trois de Bach, et justement ce *Prélude et fugue* qu'il écoutait, interprété par Glenn Gould. Bach était bien à sa place parmi les étoiles, Gould aussi.

Myriam se précipitait, Félix craignait qu'elle ne se fasse plus de tort que de bien. L'argent qu'elle avait reçu était un cadeau empoisonné qu'elle mettrait beaucoup de temps à « blanchir » dans son cœur, il en demeurait convaincu.

Elle n'était pas fixée au sujet du détective, ils devaient en reparler… Pourquoi ne pouvait-elle livrer sa pensée sans préparation ? Pour le ménager, par souci de son travail ou par goût des mises en scène ? Ah ! Myriam, tu t'amuses à des jeux dangereux !

Deux

Cinq mois plus tôt, Myriam avait reçu une lettre qui avait bouleversé sa vie. La lettre arrivait de Frascati, une petite ville au sud-est de Rome connue pour ses vins, et portait l'en-tête d'un notaire. Elle était adressée à la *Gentile Signora* Myriam Sarfati et portait la signature de Silvio Bianchi, *notaio*, qui agissait au nom de feu Isabella Zampi, née Carboni. Heureusement, la lettre avait été traduite en anglais. Myriam avait appris, d'un seul coup, qu'elle était la fille naturelle d'Isabella Carboni-Zampi, qu'elle avait été adoptée par ceux qu'elle avait toujours considérés comme ses parents biologiques et que *la signora* Carboni-Zampi avait souscrit à une police d'assurance-vie dont Myriam était la bénéficiaire.

Myriam avait correspondu avec le notaire Bianchi par l'entremise d'une avocate locale, touché une forte somme d'argent et appris en prime que son père naturel était peut-être toujours vivant. On pouvait en effet le supposer, puisque Isabella Carboni-Zampi avait demandé au notaire de préciser que sa fille ne devait jamais chercher à connaître l'identité de son père.

L'argent dormait dans un compte ouvert à la réception de la traite bancaire et rapportait 2,75 % d'intérêt par année. Félix aurait souhaité que, ne sachant à quelle fin elle voulait s'en servir, Myriam fasse au moins fructifier son bien. Il lui avait proposé à quelques reprises de consulter un comptable, un courtier, un fiscaliste, les marchés boursiers connaissaient une véritable explosion. Myriam, figée par le choc, n'était pas prête à tirer profit de sa fortune ; en fait, les événements avaient plutôt eu sur elle l'effet d'une calamité. Elle avait été démolie. Ses parents véritables, tout à coup devenus adoptifs, étaient décédés, sa mère quatre ans plus tôt des suites d'un cancer du sein, son père il y avait un an et demi d'une crise cardiaque. Déjà, après la mort de son père, elle n'avait pas été très solide sur ses pattes.

La première lettre du notaire Bianchi précisait la cause du décès de sa cliente : un accident de la route survenu au sud de Positano sur la route sinueuse qui longe la côte amalfitaine. Le notaire avait l'amabilité de joindre à sa lettre une coupure de journal en italien, que Félix et Myriam étaient plus ou moins arrivés à déchiffrer à l'aide des explications du *dottore* Bianchi. Un jeune abruti qui s'amusait à découvrir les surprises de la Peugeot 406 qu'il avait volée à Catanzaro avait eu la sottise de doubler un poids lourd dans une courbe. On avait découvert dans la carcasse de la Peugeot, outre le corps désarticulé du chauffard (plus surpris qu'il n'avait prévu, assurément), des bouteilles de bière fracassées. Personne n'était sorti gagnant de cette brève rencontre de deux véhicules circulant en sens inverse, surtout pas le petit futé dans la Peugeot ni la mère de Myriam, l'épouse d'un entrepreneur connu de Frascati. Le chauffeur du poids lourd, quant à lui, s'était retrouvé tête en bas dans son camion, stoppé par les arbres à trois mètres d'un précipice. Il avait survécu à ses blessures. Sa déposition avait fait en sorte que Myriam touche le double du montant de la police d'assurance – une disposition, ajoutait le notaire Bianchi, qui aidait à atténuer la douleur des survivants en cas de mort accidentelle.

Et maintenant que Myriam commençait à peine à remonter la pente, elle voulait aller au bout des choses. Félix la soupçonnait de chercher à battre le record de Sisyphe : elle n'avait pas la force de maintenir son rocher au sommet, il risquait de dégringoler et elle se retrouverait plus bas encore qu'au début. Depuis des semaines, il se disait que, ne pouvant éloigner Myriam de ses tentations, il verrait au moins à ce qu'elle ne replonge pas dans sa misère. Il arrivait par contre que son propre travail le prenne entièrement, il devrait se méfier du plaisir qu'il éprouvait à travailler le bois, des effluves de pin que Myriam avait trouvés si capiteux.

Myriam, de son côté, demeurait sourde à ses mises en garde. « Mes instincts ne sont pas à leur meilleur, avait-elle reconnu, je compte sur toi. »

Sauf qu'elle ne l'écoutait pas, elle se débattait avec ses démons et tâchait de les fuir en courant trop vite. Elle le savait, elle ignorait comment s'arrêter.

Trois

Félix avait étudié le quartier, les allées et venues des employés, et constaté que les clients étaient rares et l'activité à peu près nulle. Il traversa la rue, flâna devant les magasins, s'arrêta devant une quincaillerie.

Une tondeuse à gazon côtoyait des cafetières, un pan de la vitrine était occupé par une pyramide de pots de peinture derrière laquelle s'élevait une « création » en tuyaux de plomberie. L'artiste avait disposé sur un rectangle de styromousse cinq rouleaux de corde à linge de différentes couleurs imitant le drapeau olympique. Et ainsi de suite, jusqu'à une étagère de salle de bains qui contenait du papier de toilette, des détecteurs de fumée et des boîtes de vis renversées pour en montrer le contenu. Çà et là, une bouilloire, des marteaux, un panier en osier contenant une égoïne et une scie à métal. Pourquoi les étalages des quincailleries sont-ils immanquablement hideux ?

Il revint sur ses pas, s'assit à l'intérieur d'un abribus et attendit, consultant sa montre régulièrement. Le coin de rue était tout près, derrière il y avait une ruelle. Il avait aperçu la boutique deux semaines plus tôt, alors qu'il livrait une table de cuisine à un client. Il avait vu le logo MÉPHISTO dans la vitrine.

L'un des deux vendeurs sortit à midi moins vingt. Après cinq minutes, Félix conclut qu'il était allé manger, l'autre demeurait seul. Le reste était une question de risque, de chance. Félix sentit un frémissement dans ses cuisses. Il pouvait courir vite.

Il poussa la porte et se dirigea avec nonchalance vers l'étalage Florsheim, signalé en grosses lettres noires – de la pompe coûteuse de courtiers, d'avocats, d'hommes d'affaires. Il tâta les cuirs en connaisseur. Les modèles en promotion coûtaient plus de cent cinquante dollars. À côté se trouvaient des Rieker et Rhode, chaussures allemandes d'excellente qualité.

L'employé s'amena aussitôt. Quand un client reluque les Florsheim et les Rhode, on ne traîne pas les pieds, il y a de la vente dans l'air.

– Puis-je vous aider ? demanda-t-il, avec un sourire aimable.

– Je cherche une bonne chaussure. Évidemment, je ne suis pas dans une pharmacie. Je voudrais quelque chose de bien fait, assez classique.

– Avec Florsheim, on ne se trompe jamais. Votre pointure ?

– Du 43. J'aimerais essayer ce modèle. En noir, je préférerais.

– Je devrais trouver. Tenez, c'est un 43, vous pouvez l'essayer pendant que j'apporte le noir.

Le vendeur se dirigea vers l'arrière-boutique. Félix regarda sa montre, se déchaussa et enfila la chaussure du pied droit. Du beau travail bien fait, rien à redire. Félix fit quelques pas en cherchant des yeux, fit ployer la semelle.

Il trouva les Méphisto de l'autre côté de la boutique. Grosso modo, trois cents dollars et plus la paire.

Le vendeur revint en tenant une boîte dans une main et dans l'autre le 43 en noir. Soixante-cinq secondes, observa Félix en consultant sa montre.

– Minute ! lança-t-il avec un large sourire, feignant le ravissement d'un homme parfaitement au-dessus de ses affaires. Vous vendez du Méphisto. Depuis longtemps ?

– Cinq ou six mois. On en vend une couple de paires par semaine. Ce n'est pas à la portée de tout le monde.

– J'ai déjà un mocassin, mentit Félix. On flotte en Méphisto. Aujourd'hui, je serais intéressé par une chaussure plus habillée. Celle-ci.

Le vendeur retourna un derby. Un 42.

– J'ai sûrement un 43, dit-il. Je reviens.

La beauté des boutiques spécialisées, songea Félix. L'étalage est minimal, les boîtes de chaussures sont gardées à la réserve. Les vendeurs n'ont jamais d'hésitation à s'y rendre, leur clientèle est choisie, honnête à en manger du foin. Il regarda de nouveau sa montre. Midi approchait. Un deuxième client pouvait arriver à tout moment, l'autre employé reviendrait bientôt. Il voulait depuis si longtemps *ses* Méphisto ! Au printemps, il avait consulté un optométriste qui en portait. Félix était sorti de son examen avec les mêmes lentilles, mais il marchait dorénavant sur des semelles de convoitise.

Le vendeur revint en cinquante-cinq secondes. Les Méphisto étaient donc rangées plus près que les Florsheim – et les stocks sans doute moins abondants. À ne pas oublier. Félix chaussa les 43, pied droit et pied gauche. À ce prix, on se permet d'être sûr de son affaire, dit-il à la blague. Je ne ferais pas autrement, dit le vendeur, et vous avez les semelles réflexologiques en prime.

Les chaussures étaient *parfaites*. Des coussins de légèreté, de confort, de la QUALITÉ en majuscules. Et si élégantes ! Félix grimaça, parut hésitant.

– Pas sûr... J'aimerais essayer celui-ci.

Il avait choisi un richelieu qui devait faire au moins dans les 45 ou 46. Félix détestait les richelieus, mais il devait obliger le vendeur à retourner à l'arrière-boutique.

Félix se rassit et défit les lacets. Le vendeur disparut dans la réserve.

Félix renoua vite la boucle qu'il venait de défaire, jeta dans son sac à dos ses propres Nike ainsi que les semelles amovibles de la boîte

Méphisto et déguerpit. Dès qu'il tira la porte, la sonnette tinta. Détale, bonhomme !

Oupalaïe ! le deuxième vendeur traversait la rue ! Félix ne pouvait tout de suite prendre ses jambes à son cou. Cela fait toujours mauvaise impression d'avoir un type à ses trousses qui hurle « au voleur ». Félix ajusta son sac sur son dos et marcha rapidement. Au coin le salut, la ruelle à fond de train…

Il n'eut pas le temps de s'y rendre. Il entendit crier les vendeurs et l'un d'eux se mit à le poursuivre. « Aïe ! songea Félix, ça va être du sport ! » Il accéléra le pas et, aussitôt dans la ruelle, se lança dans un sprint. L'employé s'y engagea derrière lui. « Arrête ! Au voleur ! » Celui qui rentrait de son dîner. Tant mieux ! Des chaussures de ville flambant neuves ne sont pas les plus indiquées pour le 200 mètres, par contre un ventre plein est un sérieux handicap, son poursuivant cesserait vite de faire le fauve. De toute façon, lui non plus ne portait pas des espadrilles. Il suffisait de pédaler, une minute tout au plus, avant que l'estomac du vendeur se mette à protester.

La première rue fut facile à traverser : le feu était rouge au coin, la circulation nulle. Juste avant de continuer dans la ruelle, Félix vit le feu tourner au vert. Le flot de voitures bloquerait la voie et Félix gagnerait quelques secondes – dont il n'avait plus besoin, il en était persuadé. Il continua à courir, ses Nike ballottant dans son sac à dos.

Il se retourna. Son poursuivant s'était arrêté. Il avait traversé la rue puis, voyant le voleur s'échapper, il soufflait, courbé, en se tenant le ventre. Félix lui envoya la main. L'autre lui fit un bras d'honneur et s'en retourna vers la boutique ; il sautilla en retraversant la rue pour éviter une voiture, montrant le majeur à l'automobiliste qui avait klaxonné. Il n'était pas de bonne humeur, son dîner lui restait sur l'estomac. Mauvais...

Félix continua au petit trot. Lui aussi était essoufflé, autant par l'énervement que par la course. Ouf ! un peu juste ! Il s'accroupit contre une porte de garage et prit une gorgée d'eau. Aah ! Et, surveillant en direction de la ruelle, il sortit ses espadrilles de son sac. Inutile de continuer avec les Méphisto aux pieds.

En délaçant la chaussure gauche, il vit une éraflure. Zut ! sa Méphisto neuve déjà abîmée ! Bah ! à cheval donné, on ne regarde pas les dents ! Il examina de nouveau l'éraflure ; malgré le proverbe, il ne put réprimer sa déception. Il enfila ses Nike, volées dans une boutique à Laval – du sport, il y en avait eu aussi ce jour-là –, et prit le temps d'admirer ses derbys. *Mes* Méphisto, enfin ! *Della bella calzura*, les messieurs de chez Gucci et Tod's en conviendraient. Curieux comme la chaussure de qualité demeure européenne. Même les chaussures Fourmi, vraiment pas chères, valent infiniment mieux que tout ce que l'Amérique peut fabriquer pour le même prix, Myriam le disait sans cesse.

Juste avant de se relever, il aperçut un bout de papier près du mur. Des mots étaient tapés.

naïf épithalame [Verlaine]

Le monde, monotone et petit, aujourd'hui,
Hier, demain, toujours, nous fait voir notre
image :
Une oasis d'horreur dans un désert d'ennui !
Baudelaire, p. 148

Félix admira le Verlaine en exposant. La citation de Baudelaire n'était pas mal non plus. Étonnant ce qu'on peut trouver en se chaussant dans une ruelle ! Tout était calme. Il marcha tranquillement jusqu'à la rue où l'attendait sa vieille familiale Volvo.

Dans la voiture, Félix arracha le carton de son Mobils, attaché au lacet, et en fit la lecture.

Des chaussures qui vous accompagnent partout. Pour vous rendre au bureau, faire du shopping ou encore sur votre parcours quotidien de mise en forme. LES GARANTIES CONFORT MEPHISTO – Appui plantaire anatomique en liège souple habillé de cuir. Reliefs de massage sur les zones actives du pied et favorisant une bonne circulation. Rembourrages sur toutes les parties sensibles du pied évitant pressions et frottements. Cuir véritable teinture aniline. Matières nobles et naturelles. Le fameux système à circulation « Air-Jet » de MEPHISTO. Talons à effet amortisseur protégeant le dos et les articulations des chocs de la marche.

Cela s'accompagnait d'un exposé sur la réflexologie, inspirée des observations vieilles de cinq mille ans du médecin chinois Huang Tiun. Les nombreuses saillies des semelles « réflexologiques », que Félix examina, étaient supposées stimuler toutes sortes de fonctions corporelles et d'organes, de la digestion au pancréas, de la circulation à la glande thyroïde. Les illustrations en couleurs le laissèrent fort sceptique, surtout que le fabricant avait eu soin de noter que « les spécialistes ne sont pas unanimes quand (*sic*) à la correspondance des lignes de force du pied et de ses (*sic*) organes ». Les organes du pied ? L'à-peu-près de l'orthographe, de la grammaire et de la pensée en disait long sur la crédibilité des prétentions. Félix ne comptait pas qu'un simple soulier lui permettrait de célébrer son centième anniversaire en dansant la rumba. Il avait par contre dans ses mains un authentique Mobils de Méphisto, semelle à coussin d'air et, pourquoi pas, massage des zones actives. Charabia ou non, son derby était fabuleusement confortable et le prix avait été fort raisonnable !

« J'en reperds, se dit-il cependant. Dans le temps, je me sentais excité en sortant d'un magasin les poches pleines, aujourd'hui j'ai eu peur. Ce n'est pas la peine, Myriam le prendrait mal si je me faisais attraper. »

En rentrant, Félix s'arrêta à un feu rouge devant une caserne de pompiers. Nos valeureux protecteurs se bousculaient pour recouvrir un camion d'effigies du maire dans son costume de Satan. Peut-être, dans leurs négociations, n'avaient-ils pas entièrement tort. Ils s'attaquaient néanmoins à la propriété publique. Il était, comme tout citoyen, propriétaire d'une parcelle du camion et il devrait payer pour le faire nettoyer. Par quelle sorte de maladie syndicale de l'esprit les pompiers pouvaient-ils imaginer qu'ils s'attiraient ainsi la sympathie du public ? Ils en remettaient dans leur délire, encouragés par des leaders syndicaux qui n'avaient rien à perdre. Ne jamais oublier que les cadres syndicaux touchent leur plein salaire durant une grève !

La culture des employés municipaux était pourrie partout sur la planète, de Madrid à Montréal, de Seattle à Santiago, et ce n'était pas Félix Comtois qui pourrait y changer grand-chose. Il en avait déjà plein les bras avec Myriam. Si seulement elle pouvait réapprendre à être heureuse.

Quatre

Félix trouva Myriam endormie sur le canapé.
Le téléviseur marmonnait, presque inaudible. Il
l'éteignit et descendit sans faire de bruit. Il posa
ses chaussures neuves sur l'établi. Il aspergea le
bout d'un cure-oreille de WD-40, un produit mira-
culeux dont on n'aura jamais fini de répertorier
les emplois, et en badigeonna l'éraflure. Déjà,
au simple contact du lubrifiant, le cuir reprit de
l'éclat. Félix assécha l'excès de liquide puis, avec
l'autre ouate, appliqua un trait de cire noire qu'il
frotta à l'aide d'un chamois. À y regarder de près,
la meurtrissure se voyait à peine, il aurait fallu
être vachement indiscret, genre à quatre pattes la
tête au bout du cou, pour l'apercevoir. Il travailla
une couple d'heures avant de remonter.

Myriam s'agitait et gémissait. Il lui toucha
l'épaule. Elle se dressa en sursaut.

– Qu'est-ce qu'il y a ?

– C'est moi, ma chérie. Tu ne devrais pas
faire des cauchemars, ajouta Félix en lui caressant
la joue, c'est une perte de temps. Rêve à des
voyages, des belles maisons...

– Quelle heure il est ?

– Ne te fâche pas ! Presque cinq heures. J'ai préparé un petit cours sur le rorqual bleu pour te réveiller en douceur.

– La baleine ?

– Exactement. Écoute…

Myriam bâilla, tourna la tête vers lui, se frotta les yeux et le nez.

Félix ouvrit l'*Encyclopédie des mammifères marins*. Un ouvrage splendide. Il l'aurait piqué s'il avait pu, sauf que toutes les grandes librairies étaient maintenant munies de portillons anti-vol (et Félix jugeait immoral de voler chez les petits libraires, ils en arrachaient déjà assez). Il l'avait donc acheté et ne regrettait nullement la dépense. Du reste il chipait de moins en moins, aujourd'hui avait été une exception, une tentation irrésistible.

– Je résume. La baleine bleue est le plus grand animal qui ait jamais existé, plus gros que les grands dinosaures. Entre vingt et vingt-cinq mètres de long. Les femelles sont plus grosses que les mâles et peuvent atteindre cent trente-cinq mille kilos. Tu entends : presque trois cent mille livres ! Et on parle d'un mammifère, comme toi et moi, comme les souris ! Écoute bien : « Le rorqual bleu atteint sa maturité sexuelle vers l'âge de 6 ans. La femelle donne naissance à un petit environ tous les 2 ou 3 ans, après une gestation de 11 à 12 mois. Chaque jour le nouveau-né, d'un poids d'environ 3 tonnes et mesurant de 7 à 8 mètres, absorbe environ 90 kg ou 380 litres de lait, lequel contient 40 % de gras. Le petit augmente alors son poids de 3,7 kilos à l'heure, soit 88 kilos par jour, et il grandit d'environ 3 centimètres par jour. Au sevrage, vers 7 mois, le baleineau a absorbé 190 tonnes de lait, il mesure environ 16 mètres et pèse environ 21 000 kilos. » Tu ne trouves pas ça extraordinaire ? Le « sevrage » d'un bébé qui mesure cinquante pieds de long ! Et pourtant les rorquals se nourrissent de krill, des crustacés minuscules. Les adultes en consomment quatre tonnes par jour, soit environ quarante millions. Je continue. « Le rorqual bleu est une espèce protégée depuis 1966. L'on estime que leur nombre atteignait plus de 200 000 individus au milieu du XIXᵉ siècle. Aujourd'hui, la population mondiale est de 5 000 individus, 10 000 suivant des études plus optimistes, et elle occupe trois régions : l'Atlantique Nord, le nord du Pacifique et l'hémisphère Sud. Les rorquals bleus sont des nageurs puissants et rapides. Ils se déplacent à la vitesse d'environ 20 km/h, mais peuvent atteindre 50 km/h s'ils se sentent en danger. Pour cette raison, les rorquals bleus ont longtemps échappé aux chasseurs. En 1868, un Norvégien, Sven Foyn, a inventé un canon à harpon et mis au point une technique pour gonfler d'air les baleines tuées, de manière à les empêcher de sombrer. À partir de 1900, la chasse s'est concentrée sur les baleines bleues, lesquelles produisaient jusqu'à 120 barils d'huile. Ces grands mammifères ont alors été abattus par milliers. Dans une seule saison de chasse, en 1931, près de 30 000 rorquals bleus furent tués dans l'Antarctique. En 1966, la Commission internationale de la chasse à la baleine a interdit la chasse au rorqual bleu. Depuis, leur nombre a augmenté légèrement. »

– Ils vivent combien d'années, tes rorquals bleus ?

– À peu près comme nous, il paraît, peut-être jusqu'à quatre-vingts ans.

– Et ce sont des animaux intelligents ! C'est horrible, ce que tu racontes, je n'appelle pas ça réveiller quelqu'un en douceur ! Moi, j'ai essayé de m'avancer sur les francs-maçons, j'ai lu le même paragraphe trois fois. Je ne comprends rien, je ne vois pas où ils veulent en venir. Tu sais, il y a eu beaucoup de grands esprits chez les francs-maçons, Goethe, Mozart, Condorcet, ça ne peut pas être entièrement nono. Mais ils parlent de mystères et de symboles et ils citent les *Vers d'or* de Pythagore, des platitudes comme : « Réfléchis avant d'agir pour ne pas faire de bêtises. » Ma mère n'a pas eu besoin de lire Pythagore pour me dire ça quand j'étais petite ! Après j'ai lu un article insignifiant sur Pauline Marois, ça ne m'intéresse pas de savoir si elle se teint les cheveux, alors j'ai allumé la télé. À RDI, il y avait un reportage sur l'héroïsme des parents francophones à Toronto. On aurait dit qu'ils parlaient des Bosniaques, ils faisaient tellement pitié. Qu'ils s'en viennent au Québec au lieu de se plaindre, si c'est si effrayant ! Attends, j'en ai quand même lu des bonnes.

Elle retrouva la revue et tourna les pages.

– Voici ce que Mariah Carey aurait déclaré : « Quand je regarde la télévision et que je vois ces pauvres enfants affamés partout dans le monde, je ne peux pas m'empêcher de pleurer. Je veux dire, j'adorerais être aussi maigre, mais pas avec toutes ces mouches et la mort et tout ça. » Il paraît qu'elle s'occupe beaucoup de la cause des enfants. Une chance ! J'en ai une autre. Au concours Miss USA, Miss Alabama aurait répondu, quand on lui a demandé si elle voudrait vivre éternellement, écoute bien, c'est subtil : « Je ne voudrais pas vivre pour toujours parce que nous ne devrions pas vivre pour toujours, parce que si nous étions supposés vivre pour toujours alors nous vivrions pour toujours, mais nous ne pouvons pas vivre pour toujours, c'est pourquoi je ne voudrais pas vivre pour toujours. » J'ai fini par comprendre que je ne serai jamais Miss Monde, mes seins sont trop petits !

– En plus, dit Félix en riant, tu aurais probablement répondu oui.

– Éternellement, je ne sais pas, mais plus longtemps que notre chienne de vie courte, ça oui ! Le pire, c'est que si elle avait eu le cerveau le moindrement alerte, elle aurait dû répondre que nous *vivons* éternellement, après tout elle est Américaine, elle vient de l'Alabama, tout le monde est croyant là-bas… Enfin, après je me suis endormie. J'aime quand tu me parles de tes lectures, des baleines. Moi, qu'est-ce que je fais, où je m'en vais ?

Félix prit place au côté de Myriam, le sourire encore aux lèvres. Il avait chaussé ses nouveaux Méphisto.

– Myriam, j'aime mieux une femme qui ne sait pas trop où elle s'en va qu'une femme qui pense qu'elle est déjà arrivée. Personne ne te demande de te lécher le dos. *Keep it simple*. Regarde, dit-il en levant les pieds, j'ai trouvé ça. J'ai dû me sauver en courant. Moi non plus je ne savais pas où je m'en allais, mais j'y allais vite en maudit ! Belle acquisition, non ?

– Toi et tes acquisitions ! Tu vas finir par te faire pincer ! Si tu vas en prison, je vais faire quoi, moi ? Ils sont beaux, par exemple…

Il lui prit la main et la serra dans la sienne.

– Je n'irai pas en prison. De toute façon, je vais arrêter, c'est rendu compliqué, aujourd'hui j'ai eu peur. Et toi tu parles à ta psychologue, tu vas t'en sortir.

– Pas sûr. Je suis limitée à une dizaine de consultations, ensuite elle va m'envoyer en psychiatrie, elle m'en a déjà parlé. Félix, je trouve la vie dure. C'est ça, une dépression ?

– Je ne sais pas. L'histoire de ta mère italienne te chicote. Qu'est-ce que tu cherches ?

– Je voudrais être ailleurs, je tourne en rond. Ça n'a rien à voir avec toi, je ne suis pas bien. Il fait clair et je n'arrive pas à me trouver le nombril.

Le nombril, tu vois ? Le cordon ombilical. Elle me travaille, ma mère, nuit et jour. Tu m'aides, sauf que pour en sortir, je veux savoir.

– Savoir quoi ? Tu en sais déjà assez. Les Sarfati t'ont adoptée, tu es la fille d'une femme qui est morte dans un accident et tu viens de toucher un héritage.

– Une police d'assurance. Je ne sais même pas si elle était riche ou pauvre.

– Bon, une police d'assurance. Et ta mère et ton père ne te l'ont jamais dit. Parce qu'ils ne le pouvaient pas, parce qu'ils ont signé une entente au moment de l'adoption, par choix, comment savoir ? Peut-être que tes parents savaient que ta mère vivait en Italie, ils ont voulu te protéger, de toi-même d'après ce qui t'arrive. Tu as maigri dernièrement, je le sens quand je te touche. Tu ne manges pas, tu dors mal…

– Comment veux-tu que j'aie de l'appétit ? Je ne pense qu'à *mes* mères, *mes* pères. Regarde ce que tu viens de dire : peut-être que mes parents savaient que ma mère vivait en Italie. Ça n'a aucun sens, une phrase pareille.

– Myriam, vouloir savoir à tout prix, c'est correct quand on tourne les pages d'un roman à trois heures du matin parce qu'on veut connaître la fin. Dans la vraie vie, ça peut être dangereux. Tu te rappelles *L'homme qui voulait savoir*, du Hollandais… comment il s'appelle ? Ça l'a mené où, le type, de vouloir savoir ?

– Voyons, Félix ! Un film sur un malade qui tue du monde pour voir ce que ça donne ! On dirait que tu ne veux pas savoir qui sont mes vrais parents.

– Je ne parle pas de Donnadieu, je parle du mari. Je te le dis tout de suite, ton père s'appelait David Sarfati et tu ne vas pas le remplacer en retrouvant l'autre ! Ta vraie mère était Simone, pas une Italienne qui vient de mourir en Europe. Excuse-moi d'être coupant, mais je m'en fais pour toi.

Les yeux de Myriam se mouillèrent. Félix se reprocha aussitôt sa franchise. Myriam n'avait nul besoin d'être tassée dans le coin.

– Et toi, tu n'aurais pas peur de perdre quelque chose ? demanda-t-elle, d'un ton accusateur.

– Bien sûr, ton argent, pourquoi tourner autour du pot ! Tu crois que je vais t'aimer autrement parce que tu es riche ? Je m'en fiche de ton argent, Myriam ! Je voudrais que tu l'investisses pour qu'il te rapporte, certainement. Tu le feras quand tu seras prête. Pour le reste, ma chérie, je veux continuer à faire des meubles aussi longtemps que je le peux. On paie les factures, on paie la maison, de ce côté on n'a pas d'inquiétudes, mais je te vois courir après des chimères, je me fais du souci. Voilà mon grand jeu !

– Sluizer, il s'appelle George Sluizer, le réalisateur, dit Myriam d'une voix entrecoupée. Je suis bonne pour aider le monde dans la misère, ils auraient besoin de moi au bureau, mais je ne suis pas fameuse pour m'aider moi-même. Je m'excuse, je ne suis pas une bonne compagne pour toi dernièrement.

— Faux. De toute façon, ce serait mon problème. Occupe-toi des tiens, pense à toi. Pour l'instant, c'est toi que tu dois ménager, pas les autres.

— Sais-tu à quoi j'ai pensé hier ? J'ai toujours eu la peau foncée, j'ai les cheveux et les yeux noirs, je me disais que ça me venait de papa, après tout il était Juif, lui aussi avait le teint foncé. Finalement, ça me viendrait de ma mère italienne, c'est à vingt-huit ans que je l'apprends. Oh ! Félix !…

Cinq

Félix alignait une pièce de bois sur la scie quand il entendit le téléphone. Il se jeta dessus, de peur que la sonnerie ne réveille Myriam. Il n'avait pas entendu de bruits de pas en haut et elle avait besoin de tout le repos qu'elle pouvait trouver.

– Madeleine Rouleau. Je n'appelle pas trop tôt ?

– Pas du tout, je suis à l'ouvrage depuis un bout de temps.

– Ça va, toi ?

– Oui. Le travail avance, vous aurez une belle armoire.

– Je ne suis pas inquiète. Autrement, ça va, dans la vie ?

– Je ne peux pas me plaindre…

– Et Myriam ?

– Myriam se porte assez bien. Elle retourne au travail, elle commence dans deux semaines, au début du mois. Elle a hâte.

– Bravo ! Toi aussi, je suppose. Où travaillera-t-elle, si ce n'est pas indiscret ?

– Elle retourne au comité de logement. Elle est bonne avec le monde dans la misère, elle a le tour.

Et vlan ! Qu'est-ce que Madeleine Rouleau avait à supposer qu'il pourrait avoir hâte que Myriam travaille ? Vieille fouineuse !

– J'espère que ça lui fera du bien. Alors mon armoire avance ?

– Elle sera terminée dans trois semaines à moins que je tombe raide mort.

– Ne parlons pas de malheurs ! D'habitude, les ébénistes vivent vieux. Évidemment, ils touchent du bois à la journée longue ! Je peux passer voir ?

– Je vous montrerais des morceaux, ça ne vous dirait pas grand-chose.

– Tout à coup que oui ?

– Bon… Venez quand vous voulez. Appelez avant, je n'entends pas toujours la sonnette quand je travaille.

– J'appellerai sans faute. Demain après-midi, vers deux heures ?

– Je vous attendrai.

– Félix, je voulais aussi te dire, je ne suis pas pressée d'avoir mon armoire. Si tu as des petits travaux à faire entre-temps, n'hésite pas. À demain, ciao.

Fatigante, la Rouleau ! Malgré ses « mon armoire », les chèques portaient le nom de son mari, le président d'Alubec. Chacun est le centre de son univers, des amoureux transis aux damnés de la terre, mais elle avait eu un jour la mauvaise idée de se prendre aussi pour le centre du monde des autres. Un peu plus et elle voyait Félix et

Myriam comme ses « protégés », il n'aurait pas été étonnant qu'elle parle d'eux en ces termes surannés à ses connaissances, les encourageant à commander une console, une table de salon pour les beaux livres, les *Home & Garden*... Elle et son mari étaient membres du Cercle saphir de l'Orchestre symphonique de Montréal, ils faisaient chaque année un don de plus de deux mille cinq cents dollars à l'OSM, même si Olivier Rouleau, homme occupé, assistait rarement aux concerts. Sa femme s'y faisait accompagner par de jeunes « amis » – comment aurait-elle pu se montrer seule à un événement mondain ? Sa dose quotidienne de culture devait être de regarder Oprah l'après-midi en sirotant un frais bourgogne « importé » en compagnie d'une amie fringuée comme elle chez Hermès ou Dior.

Il est vrai qu'elle avait aidé Félix à obtenir des contrats, il devait la ménager.

Elle voudrait des caresses. Il s'arrangerait pour que Myriam soit autour, il ne poserait *jamais* les doigts sur la poitrine de Madeleine Rouleau. Ils étaient trop précieux, il en avait besoin pour couper son bois. S'il devait en perdre un, plutôt la lame d'une scie ! Il assemblerait des pièces en sa présence, amaigrirait un morceau, jouerait du ciseau, il fabriquerait une armoire fabuleuse, aussi chère que possible, conformément aux vœux de la cliente. Jamais cependant il ne tromperait Myriam pour le plaisir de continuer à varloper. Tout le monde a ses problèmes, se dit Félix, et ceux de la

Rouleau sont les siens – ses seins –, pas les miens. Si elle crève d'ennui, si son mari la néglige parce qu'il trouve les billets de banque plus verts qu'elle, il lui faut autre chose qu'une armoire, à l'ancienne ou en chair, pour la remettre d'aplomb !

« Je ne suis pas pressée » ! Elle disait le contraire la semaine dernière. Elle avait ajouté cela en apprenant que Myriam retournait au travail. Comptait-elle multiplier ses visites pendant les absences de Myriam, se décolleter davantage ?

La première fois qu'il avait mis les pieds dans la maison d'Olivier et Madeleine Rouleau, l'une des plus somptueuses d'Outremont, elle s'était montrée particulièrement cordiale. Il apportait sa première commande, deux petites tablettes sur lesquelles elle voulait poser des porcelaines Lladró. Elle l'avait invité à prendre le café au salon. Jolie cafetière Mélior originale en titane, pas une vulgaire imitation Bodum en acier et plastique (voilà pourquoi la suédoise Bodum a pu acheter la française Mélior), service en porcelaine fine. Il s'était arrêté devant un tableau.

– Quel beau Matisse ! avait-il dit. J'ai vu l'original à Paris.

– Je ne crois pas, mon cher, *c'est* l'original ! Le reste aussi, cette scène vénitienne de Morrice, le Van Dongen…

Comme le Pellan, le Fortin, le Riopelle, le Krieghoff, une magnifique lithographie de Käthe Kollwitz dont Félix s'approcha. *Mutter mit Kind*, splendide, d'un dessin comparable aux plus belles madones à l'enfant, de Botticelli à Isenbrant ou Murillo. Dans un coin, un marbre tout en rondeurs, un Jean Arp parfaitement authentique. Elle l'entraîna dans son « boudoir » et lui fit voir un splendide paysage de Thomson, autre original bien entendu. On aurait cru une demi-mondaine de Zola faisant visiter à un jeune admirateur la villa offerte par son protecteur. Félix pensa à une histoire drôle. Un riche baron anglais demande à une belle vicomtesse si elle veut bien coucher avec lui pour dix mille souverains. La vicomtesse hoche la tête et répond oui. « Coucheriez-vous avec moi pour cinquante livres ? » poursuit lord X. « Quoi ! vous me prenez pour une putain ? » lance la jolie dame, rouge de colère. « Cela est déjà établi, madame, répond le baron. Maintenant nous discutons du prix. »

— Qu'est-ce qui te fait sourire ? avait demandé Madeleine Rouleau.

— Rien, je pensais au Matisse, je me suis planté. Et tant de belles choses…

Du calme, s'était dit Félix. Elle est peut-être malheureuse, mais elle n'est pas un monstre.

Que faire de Myriam, que penser de sa décision ? Elle s'organisait carrément pour souffrir. Dans l'état où elle se trouvait, devait-il l'encourager ou la décourager ? La laisser se faire du mal ?

Il reprit sa scie ronde, abaissa ses lunettes. Au moins, son métier lui procurait de la joie. Il avait abandonné une carrière d'universitaire pour l'exercer. Chaque jour, il s'en « félicitait ».

Six

– Tu m'as confié les affaires, dit Gianni Sandrelli. Je m'en occupe, je sais ce que je fais.

– Oui, répliqua Gabriele Sandrelli, avec les *Redfellas* ! Les Russes ont bourré le monde tellement longtemps, ils ne savent plus faire autrement. Depuis vingt ans, c'est la mafia qui fait marcher le pays, certainement pas Eltsine. Si les Russes te font confiance, ils vont t'obliger à traverser l'océan pour te saouler. S'ils te *soupçonnent* de les tromper, ils vont faire sauter ta maison à trois heures du matin juste au cas. Ledmadev ne te doit rien. Méfie-toi de ceux qui ne te doivent rien.

À la mine sermonneuse de son père, Gianni observa encore à quel point il avait vieilli depuis la mort de sa femme. Ses cheveux avaient blanchi, ses joues s'étaient affaissées, son visage n'était plus qu'une cascade de plis et de rides, il aurait dû raser une moustache qui ne lui conférait plus aucune forme d'autorité. Il portait jour après jour costume noir, cravate noire et chemise blanche, chaussettes et chaussures noires, il ne lui manquait que la chemise noire pour être parfaitement à la mode et il n'en savait rien. Il enfilait son costume en se levant, Gianni ne se souvenait pas d'avoir vu son père en robe de chambre. Noir et blanc, comme pour une soirée de gala, alors que le gala était terminé depuis des lustres. Ses yeux étaient fatigués, ses épaules se voûtaient, sa vue baissait, il rapetissait. Il n'en avait plus pour longtemps. Autant lui faire une belle joie avant son départ.

— Je me méfie de tout le monde, répliqua Gianni, de ceux qui me doivent quelque chose aussi. Ledmadev est fourbe, il n'a pas de classe, les Redfellas tuent comme la mort, mais ils ont besoin des familles. Pour un an ou deux, pas plus. Ils ont beau être tout-puissants chez eux, avoir le gouvernement dans leur poche, on les sent venir, ils veulent de la drogue comme un chien veut pisser partout. Ils ne savent plus comment se débarrasser de leur argent, ils paient deux fois plus cher qu'à Miami. Écoute, on fait un premier profit avec le produit, un autre avec les missiles. Dans tes plus belles années, tu n'as jamais entendu parler d'un marché pareil !

— Ils ont de l'argent, mais ils sont aussi capables de tuer tes enfants. Les Russes sont des fous, Gianni !

— Penses-tu que je fais des pirouettes quand un Russe me passe un dollar dans la face ? Tu m'as bien appris, j'ai fait mes devoirs ! Ils ont des Strela-3 du Bélarus, des SA-1 et des SA-13 de Russie, des SA-16, des missiles sol-air, ils ont des AR-15 de l'OTAN, des lance-roquettes

d'Israël. J'ai l'impression que les missiles s'en
vont chez les rebelles, mais ça ne me regarde pas.
Ils voulaient même nous vendre un sous-marin.
Papa, les Hells ont gagné sur le terrain, Loto-
Québec a raflé les loteries, la protection c'est fini.
Le chargement ne viendra jamais ici, les Russes
vont le livrer sur une île dans l'Atlantique. Pour
l'instant, ils se méfient des Colombiens, ils ont
peur des Américains et ils nous appellent. Une
affaire de trois cent cinquante millions, c'est pas
mal, non ? Alors on a le choix : on fait un gros
coup ou on se fait tasser. Il y en a qui disent que
la gravité fait tourner l'univers. Ailleurs, c'est
possible. Sur la Terre, c'est l'argent. Penses-y,
soixante-dix millions dans nos poches ! Toute la
famille va en profiter, nos hommes, nos employés,
tout le monde !

Malgré l'enthousiasme de son fils, Gabriele
Sandrelli demeurait sceptique. Vendre de la
cocaïne aux Russes, aucune famille de Montréal
ou de Toronto n'avait fait une chose pareille,
sinon les Cuntrera-Caruana. Par ailleurs, Gianni
n'avait pas tort : les marchés locaux étaient satu-
rés, les motards vendaient des cochonneries et la
présence de la famille était devenue négligeable.
Deux ans plus tôt, le vieux Sandrelli avait passé
le flambeau à son fils. Il était vénéré dans sa
famille et par ses troupes, craint par ses égaux
et respecté à New York, il avait la réputation
d'être juste, généreux et compatissant, il tenait
parole, il était au sommet de son pouvoir. Sauf

qu'il était fatigué, il avait envie de vivre un peu avant de mourir. Il connaissait à peine ses petits-enfants, il connaissait mal ses propres enfants. À soixante-quatorze ans, la plupart des hommes avaient pris leur retraite. On a beau avoir à charge le bien-être et la bonne fortune de centaines de personnes, vient un moment où il faut laisser la place à la relève. Ses innombrables responsabilités n'étaient que des raisons de plus de céder la bride, il n'était plus certain de pouvoir s'en acquitter. Nino paraissait au contraire sûr de son affaire.

Quand même, des Redfellas de Moscou !... Des missiles qui suppriment un hélicoptère, un avion, un marché de village au complet ! Quel besoin les Sandrelli avaient-ils de se lancer dans un tel trafic ? Était-ce un pas vers l'avenir, comme l'affirmait Gianni, ou la déchéance finale ? Comment savoir ? N'avait-il pas confié les affaires à Gianni précisément parce qu'il ne se sentait plus capable de juger, de trancher, qu'il était las d'avoir le dernier mot ? Gabriele Sandrelli était arrivé à Montréal dans les années 1920 à l'âge de trois ans. La guerre sans merci de Mussolini contre la mafia avait chassé des centaines de Siciliens, dont son père qui travaillait pour Don Vito Ferro, le « patron des patrons ». Mussolini avait lancé un raz-de-marée de bons hommes sur l'Amérique. À l'époque, on ne parlait pas des Russes et la drogue, c'était l'opium. Le monde avait bien changé.

Sept

La Rouleau se faisait tannante. L'idée de partir ne lui venait pas. Elle insistait, s'imaginant qu'un acompte, le prétexte de sa visite, achetait Félix tout entier, son bois et son labeur comme son âme et son cœur. Elle se pavanait autour de lui, tête haute et poitrine présenteuse – qu'elle avait, soupçonnait Félix, aussi suspecte que superbe. C'était son genre, Madeleine Rouleau, de se faire rajeunir la devanture. Ses doigts frôlaient un bras ou une épaule pendant qu'il travaillait, pour lui poser une question insignifiante à tout coup. « Touchons du bois, se dit Félix, une planche dans ses mains, que Myriam arrive ! » Il n'avait jamais trouvé attirantes les femmes bariolées d'un grimage de guerre ou soucieuses de récrire leur code génétique. Pourquoi certaines femmes se donnaient-elles tant de mal pour se tromper ? Duper les autres, les hommes, elles y arrivaient sans doute, mais elles-mêmes ? D'autant que sous son fard, Madeleine Rouleau était déjà belle biche, il devait en convenir, elle n'avait nul besoin d'en faire autant.

Là-dessus, parlant du loup, il entendit des pas et Myriam descendit l'escalier.

– Bonjour, fit-elle ingénument, comme si Félix ne lui avait pas demandé de revenir vite, en prévision de la visite de sa cliente.

– Bonjour, toi, répondit la Rouleau, s'éloignant de Félix. Ça va ?

– Très bien, merci. Vous tombez bien, j'ai un cadeau pour vous.

– Un cadeau pour moi ? En quel honneur ?

– Parce que c'est terriblement pratique. J'ai pensé à vous.

Félix se montra aussi curieux que Madeleine Rouleau.

– Tenez, dit Myriam.

Madeleine Rouleau prit un paquet de douze pinces en plastique, réutilisables, durables, commodes, quatre rouges, quatre bleues, quatre jaunes. Elle fixait son « cadeau » avec incrédulité.

– Qu'est-ce que c'est ? demanda-t-elle, complètement dépassée.

– Des fermetures pour des sacs, c'est écrit. Ça peut servir à mille usages, le pain, les sacs au congélateur, les croustilles, vous verrez. Ça ne m'a pas ruinée, un dollar plus les taxes.

– Merci, répondit la Rouleau, ne sachant s'il s'agissait d'une farce à ses dépens.

Faut-il ajouter que Madeleine Rouleau avait une hantise du ridicule ? Non, sans doute.

– Quelle invention ! Où as-tu trouvé ça ? demanda-t-elle, pour sauver la face plus qu'autre chose.

– Juste ici, au Dollarama. Je suis sûre qu'ils en ont dans les Dollarama à côté de chez vous. La prochaine fois que vous irez, jetez un coup d'œil dans la section cuisine.

– Merci. Andrée sera très contente.

Andrée, c'était la bonne.

Dès que la Rouleau eut gagné son Audi A6, Myriam, qui la surveillait par la fenêtre du salon, tapa des mains.

– Tu lui as vu l'air ? Quand j'ai parlé du Dollarama à côté de chez vous, elle est venue proche de jeter ça à terre, on aurait dit qu'elle tenait un sac de vomi ! Elle est tellement constipée, j'aurais envie de lui donner un lavement au Seven-Up pour que ça bouillonne en masse.

– Tu n'es pas fine, Myriam, dit Félix en riant, la pauvre femme s'est sentie mal !

– Pauvre femme ! Tu as vu sa bagnole à quarante mille ?

– Cinquante mille, sa bagnole ! Elle a beau avoir un V6 sous le capot, elle a moins de cylindres entre les oreilles, elle n'est pas plus intelligente qu'un citron.

– Mais elle a de fichus beaux pépins ! Elle, elle aurait pu être Miss Monde !

Félix était ravi de voir Myriam d'aussi bonne humeur, capable de penser à une espièglerie pareille et surtout d'en rire. Elle revenait de sa misère, bientôt elle serait de nouveau la Myriam de toujours. Sa déprime était épuisante, il savait qu'elle en était encore plus irritée que lui. Depuis quand n'avait-elle pas ri aussi franchement ?

– Tu as vraiment acheté ça pour elle ou tu as menti ?

– Tu penses que je vais faire le shopping de Madeleine Rouleau ? Non, quand je l'ai vue faire sa guidoune autour de toi, je n'ai pas pu m'empêcher. J'ai acheté trois paquets, il m'en reste deux. Un dollar pour l'embarrasser aussi parfaitement, j'appelle ça un plaisir, pas une dépense !

– Plus les taxes, n'oublie pas ! Je me demande si elle est au courant que ça existe.

Chez les riches, on se fait un orgueil d'être ou d'avoir une femme qui ne travaille pas. Chez les ratés, la situation s'inverse : l'ivrogne rêve de se faire vivre par sa femme qui fait des ménages. L'ivrogne arrive souvent à ses fins…

Huit

– On a assez discuté, Félix. Le Mouvement Retrouvailles ne peut pas m'aider et je tourne en rond. Comment veux-tu que je retrouve mon père autrement ? Je vais embaucher un détective, je suis décidée.

– Qu'est-ce qu'il va faire de plus, ton détective ?

– Il saurait au moins comment s'y prendre. Je recommence à travailler bientôt, je ne veux pas traîner de bibittes. Tu n'arrêtes pas de me dire d'investir mon argent, ben voilà l'occasion parfaite, j'investis. Après, peut-être que je serais prête à consulter un courtier, un comptable, qui tu voudras... Il y en a tellement qui font suivre leur femme, leur mari !

– Je te l'ai déjà dit, je ne trouve pas l'idée bonne. Évidemment, c'est ton père. Je ne m'y connais pas plus que toi... Si tu y tiens, je vais t'aider, tu ne m'entendras jamais dire que je t'avais prévenue. Il faut que tu en sois consciente, cependant, ça risque de ne pas finir comme tu veux. Comment tu vas le trouver, ton détective ?

– On pourrait appeler Jean-Marie.

– Jean-Marie Dubois ? Je ne l'ai pas vu depuis deux ans.

– Je sais. Depuis qu'on parle de lui, il ne reconnaît plus personne, il n'est pas venu aux fêtes quand on l'a invité. Pourtant, il écrit de bons policiers, il doit connaître les ficelles, il pourrait nous donner des conseils.

– Il va te poser des questions et ton histoire va se retrouver dans son prochain livre. Ne te fais pas d'idées, il n'est pas détective, il est écrivain, je ne suis pas sûr qu'il pourrait nous aider. Pourquoi on ne jetterait pas un coup d'œil dans les pages jaunes ?

– On peut trouver un détective dans les pages jaunes ? Han, je suppose que oui.

Ils appelèrent d'abord les grandes agences, les gros encadrés dans l'annuaire. Les tarifs étaient carrément prohibitifs, entre cinquante et quatre-vingts dollars de l'heure pour les filatures, jusqu'à cent vingt-cinq dollars pour les recherches et enquêtes. Seule l'agence Pinkerton proposa un tarif quotidien de cinq cents dollars, comprenant un enquêteur et une voiture. Il en coûtait donc autant pour faire filer « un être cher » ? À voir la liste des agences, il y en avait du monde qui avait de l'argent à gaspiller !

– Si j'avais un problème avec ma femme, dit Félix, je l'emmènerais à Venise avant d'engager un détective, ça coûterait moins cher !

En tournant les pages, Myriam avisa la petite annonce des Enquêtes Motus. *Discrétion garantie, tarifs abordables.* Elle y vit un signe.

– Enquêtes Motus, Alain Cavoure à l'appareil.

Myriam lui demanda s'il faisait des recherches de personnes disparues, des enquêtes du genre. De quel genre, exactement ? Pas vraiment disparue, rectifia Myriam, disons inconnue, un parent naturel par exemple. Des fois oui, des fois non, selon les cas, répondit Cavoure. De quoi s'agit-il au juste ? Myriam répondit qu'elle préférait le rencontrer pour en parler, elle pouvait se rendre au bureau, à l'instant même si possible ou alors le lendemain. S'il était libre, bien sûr. Cavoure lui dit qu'il l'attendait.

– Veux-tu que je t'accompagne ? demanda Félix.

– Tu as du travail. Les prochaines fois peut-être, pour l'instant je peux me débrouiller. Si j'ai besoin d'un conseil, je t'appellerai. Il m'a dit qu'il était libre, il peut me recevoir tout de suite. C'est bon ou mauvais signe ?

– Aucune idée. N'hésite pas à appeler, je vais entendre le téléphone. Je descends sabler le bois de la Rouleau. Elle, elle serait capable de faire suivre son mari – et de payer le détective avec des chèques tirés sur le compte du bonhomme !

Neuf

– Il a accepté ! Bravo !

– Attends, il n'a rien promis, il va faire une première recherche. Il doit me rappeler demain. Il est sympathique, il écoute bien. Il m'a donné sa carte.

Myriam tendit la carte de Cavoure à Félix.

– Même chose que l'annonce. Combien il demande ?

– Trois cent dix par jour plus ses frais. Il m'a dit qu'il serait peut-être obligé de demander des recherches dans les bases de données. Il connaît quelqu'un chez Pinkerton, ça coûterait moins cher en passant par lui.

En fait, l'entrevue ne s'était pas déroulée exactement comme Myriam l'avait prévu. Cavoure lui avait inspiré confiance, certes. Seulement, après l'avoir écoutée, il lui avait dit que l'affaire risquait d'être compliquée. Peut-être avait-elle trop vite imaginé qu'en s'adressant à un détective, son problème serait à demi réglé. D'après Cavoure, les difficultés étaient multiples. Les événements remontaient à une trentaine d'années, la principale source d'information était décédée, les renseignements existants étaient maigres. On ne pouvait compter sur le notaire Bianchi en Italie pour en savoir plus long, Isabella Carboni ayant spécifié que Myriam ne devait pas chercher à connaître son père. Le notaire ne contreviendrait jamais aux volontés de feu sa cliente. Cela laissait donc peu de marge de manœuvre. Il ne s'agissait pas simplement de rechercher une personne disparue : même son identité était inconnue, au départ le succès était douteux.

Cavoure avait été franc. Il avait proposé à Myriam de le laisser tenter une première exploration. S'il n'arrivait à rien, il le lui ferait savoir rapidement, il lui demanderait des honoraires raisonnables et lui recommanderait une agence disposant de moyens plus considérables. Il l'aiderait volontiers à rencontrer quelqu'un et lui remettrait un rapport de ses propres démarches, qu'un successeur éventuel pourrait utiliser. Évidemment, les tarifs ne seraient pas les mêmes. Myriam lui avait répondu que l'argent avait une importance relative. « Je ne vais pas gonfler la facture pour autant, soyez sans crainte », l'avait aussitôt rassurée Cavoure. Le marché avait plu à Myriam, elle et Cavoure s'étaient quittés en bons termes, mais en rentrant, elle était rongée par le doute. Si Cavoure s'était montré direct et honnête, il n'avait pas été des plus encourageants.

– Félix, qu'est-ce que je vais faire si Cavoure échoue, si une autre agence n'arrive pas à retrouver mon père ?

– Voyons, tu vas continuer à vivre, avec un mystère. Tu me disais que les francs-maçons parlent des mystères sans les expliquer. Toi, tu aurais au moins un mystère réel dans ta vie, tu serais plus avancée !

— Fais-moi rire, Félix, j'en ai besoin !

Un instant, Félix fut pris au dépourvu. Il prit la main de Myriam dans la sienne.

– Je vais plutôt te faire réfléchir, dit-il après un long silence. J'ai une belle énigme pour toi. Tu trouves une personne assassinée dans une automobile, elle a plusieurs balles dans le corps. L'arme du crime se trouve juste à côté de l'automobile. Toutes les portes étaient verrouillées et toutes les vitres levées au moment du crime, il n'y a aucun trou dans la tôle ni dans les vitres. Comment le meurtrier a-t-il pu commettre son crime ?

– Je ne sais pas… Oh ! c'est enfantin ! Tu n'as pas parlé des clefs. L'assassin était dans la voiture quand il a tiré, il a pris les clefs, il est sorti et il a verrouillé la porte, puis il a jeté son arme.

– Minute, là. Ce n'est pas la bonne réponse, pourtant ça marche. Zut ! C'est une énigme que j'ai trouvée sur Internet, mais tu vois, elle est mal posée. Alors j'ajoute : les clefs sont dans la voiture, dans le démarreur.

– Alors je continue, l'assassin avait un double des clefs, c'était le mari ou la femme de la victime.

– Non, Myriam, oublie les clefs, pense à autre chose ! Je n'avais pas trouvé la solution, ma snoroune, et toi, tu m'en balances deux bonnes.

– Attends… Non, je donne ma langue au chat. C'est quoi, la bonne réponse ?

– La voiture est une décapotable.

– Ah, bien sûr. C'est simple, c'est le but des énigmes. Remarque, les données étaient trompeuses.

– Ben oui… Mais toi, tu compliques les choses et pour une fois, ça marche !

– Félix, tu veux m'encourager, je te remercie, mais arrête, veux-tu ? Je le sais que tu es tanné, tu veux que j'en sorte, mais tu ne peux pas avoir plus hâte que moi. Ben oui, je vais continuer à vivre si je ne connais pas mon vrai père, même si on apprend qu'il est mort lui aussi. Peut-être que je tiens à le connaître parce que je ne suis pas bien, je me le demande, mais je *veux savoir*, comme dans le film de Sluizer. Je ne vais pas me retrouver enterrée, j'engage un détective qui se charge de tout. La curiosité est plus forte, tu comprends ? Après, quand je saurai, on fera des projets, ne t'inquiète pas. Est-ce que tu me crois ?

– Oui, chérie. Mais ne me demande pas d'arrêter de faire l'imbécile, je ne suis pas capable ! Je sais que je t'agace des fois, mais me vois-tu avec une face de carême ? Tu ne pourrais pas m'endurer !

Il lui fit la plus vilaine grimace qu'il pouvait produire. Myriam partit à rire.

– Vieux singe ! J'aimerais bien te voir dans mes souliers.

– Voudrais-tu des sandales Méphisto ? Je peux t'en trouver pas cher !

Dix

Alain Cavoure étudia les indices dont il disposait. Peu bavards. Il avait eu raison de mettre une sourdine aux attentes de Myriam Sarfati. Après son départ, il avait rédigé un résumé des données connues. Il avait planché peu longtemps, arrivant vite au bout des faits établis. Une certaine Isabella Zampi, née Carboni à Montréal, avait donné naissance en 1969 à une fille illégitime, de père inconnu. Elle n'avait pas gardé son enfant. Sa petite fille avait été adoptée par Simone et David Sarfati. Simone Sarfati était une Ménard de Sorel et David était originaire d'Utrecht aux Pays-Bas ; il retraçait ses origines néerlandaises à l'expulsion des Juifs d'Espagne et du Portugal en 1492 – l'année où Christophe Colomb, un Italien parti d'Espagne, inventa le « Nouveau Monde ». La cliente avait cru jusqu'à tout récemment qu'elle était la fille unique du couple Sarfati, que ses ancêtres paternels avaient partagé le sort des Spinosa ; son père étant un fervent admirateur de Baruch Spinoza dont il partageait assez les vues, il disait qu'on devrait faire un film sur sa vie. Elle venait d'apprendre – rien à voir avec la métaphysique – qu'elle était en vérité la fille d'une Italienne, qu'après sa naissance, sa mère avait refait sa vie en Italie avec un homme d'affaires et qu'elle avait désigné sa fille naturelle comme bénéficiaire d'une police d'assurance-vie qui représentait une somme rondelette (combien, elle ne l'avait pas dit ; Cavoure avait senti sa gêne d'en parler).

Myriam Sarfati s'était adressée au Mouvement Retrouvailles. L'organisme n'avait pu lui venir en aide. Sa mère biologique était décédée et il n'existait aucun document indiquant le nom du père. La femme qu'elle avait rencontrée n'était pas autorisée à lui en dire davantage. C'est elle, cependant, qui la première avait parlé d'engager un enquêteur privé. L'idée avait mijoté quelques semaines, aujourd'hui Myriam Sarfati passait à l'action.

Voilà en gros ce que le récit de sa cliente ainsi que la lettre du notaire de Frascati lui avaient appris. Maintenant, on lui demandait de retrouver le père naturel de Myriam Sarfati, lequel avait aussi habité Montréal en 1969, vraisemblablement, et n'avait pas reconnu sa paternité.

Aussi mince qu'une couche de peinture à l'eau, beaucoup d'espaces pas numérotés à remplir ! Primo, pourquoi Isabella Carboni-Zampi avait-elle stipulé que sa fille ne devait pas chercher à connaître l'identité du père ? Deuzio, où et qui était le père, était-il vivant ? Tertio, comment la fille d'une Italienne avait-elle pu être adoptée par un couple juif – du moins un père juif, Simone Ménard, née à Sorel, étant sans doute d'origine chrétienne ? La famille de la mère n'aurait-elle pas insisté pour que les parents adoptifs soient Italiens ou du moins catholiques ? Autour de 1970, l'adoption des enfants était-elle une responsabilité de l'État ? Probablement, puisque... Il n'avait pas jugé bon de soulever la question avec sa cliente, mais il était intrigué. Il y aurait peut-être là une piste. Parfois, un lien de parenté obscur, un ami de la famille qui sert d'intermédiaire, un parrain, une marraine... Il pourrait en parler à Myriam Sarfati, l'interroger plus sérieusement sur ses origines, demander à voir son certificat de naissance. Si nécessaire.

Les premiers recours étaient les registres d'état civil, les archives, les cadastres municipaux, Bell Canada. Avant de sortir, cependant, il explorerait tout ce qui bouge sur Internet. Autrefois biologiste, il en connaissait bien les tours et les ressources, son ordinateur lui avait souvent été utile dans ses enquêtes[1]. Après, il rencontrerait des gens, irait poser des questions. Pour commencer, il ouvrit l'annuaire téléphonique.

Il émit un soupir de soulagement. Les Carboni étaient peu nombreux : douze inscriptions. Juste au-dessus, les Carbone étaient une soixantaine. Ouf ! Isabella était de la lignée Carboni !

---

1. Voir *L'art discret de la filature* et *Cavoure tapi*.

Néanmoins, il était prudent de ne pas écarter trop vite les Carbone : au début du siècle, les erreurs de graphie des patronymes étaient courantes à l'accueil des immigrants, souvent illettrés, il se pouvait qu'un parent d'Isabella Carboni se trouve parmi les Carbone.

Cavoure fit une photocopie de la page de l'annuaire, sépara les Carbone et les Carboni en deux colonnes et en tira un agrandissement sur son télécopieur-imprimante. Il avait en main un premier instrument de travail, deux listes de noms, d'adresses et de numéros de téléphone. Et soudain, deux neurones dans son cerveau firent contact.

Isabella Carboni était mariée à un industriel d'une petite ville du Latium. Vu les circonstances et la gravité de l'accident, les journaux avaient certainement fait état de son décès. La preuve, Myriam lui avait apporté un article paru dans *Il Mattino* de Naples, le plus grand quotidien de la Campanie. La famille Zampi avait dû faire paraître un avis de décès dans un quotidien de la région de Rome. S'il pouvait mettre les yeux sur les notices nécrologiques des journaux de Rome parues dans les journées qui avaient suivi l'accident, il pourrait peut-être y trouver des renseignements utiles. La mention d'une parente, un frère, une sœur, un père, une mère – au Canada ! Possible… Il valait mieux pour l'instant éviter les parents en Italie.

Il trouva les noms des grands quotidiens de Rome : *Liberazione*, *Il Manifesto*, *Il Messaggero*,

Il Popolo, *La Repubblica*, *Il Tempo*, *L'Unità*. Y avait-on accès sur Internet ? Une seule solution : aller voir. Pourvu que quelqu'un puisse lire le français ou l'anglais à l'autre bout s'il devait envoyer des messages.

Onze

I morti non sono degli assenti, son degli invisibili che tengono i loro occhi pieni di luce nei nostri pieni di lacrime.

Sant'Agostino

Alessandro, Francesca, Fabrizio e Bianca Zampi annunciano con infinito dolore la morta tragica di

Isabella Carboni Zampi
(1949-1998)

I funerali si svolgeranno domani alle ore 14 presso la chiesa San Rocco a Frascati.

Partecipano al lutto sua madre Adelina Carboni e suoi fratelli e sorelle in Canada e tutti i suoi amici cari.

Non fiori ma opere di bene.

Frascati, 17 gennaio 1998

La veille, ignorant dans un premier temps *L'Unità*, *Liberazione* et *Il Manifesto*, journaux communistes ou de gauche (Zampi étant un homme d'affaires), Cavoure avait écrit au *Messaggero* et à la *Repubblica*, leur demandant s'ils avaient publié dans la deuxième moitié de janvier une notice nécrologique annonçant le décès d'une certaine Isabella Carboni, ou Isabella Zampi, ou Isabella Carboni Zampi, ou Isabella Carboni-Zampi. *Il Messaggero* avait été le premier à répondre. Il trouva un courriel en rentrant au bureau. Il reçut également quelques heures plus tard une autre notice publiée par des amis de la défunte dans *La Repubblica*. Quand Alessandro (le mari vraisemblablement) mentionnait les amis dans la sienne, il disait vrai.

Cavoure fit une traduction approximative de la notice de la famille.

« Les morts ne sont pas absents, ils sont des êtres invisibles qui tiennent (tournent ?) leurs yeux pleins de lumière dans (vers ?) les nôtres pleins de larmes. » (Saint Augustin) Alessandro, Francesca, Fabrizio et Bianca annoncent avec tristesse la mort tragique d'Isabella Carboni Zampi. Les obsèques auront lieu à 14 h à l'église, etc. Participent au deuil (une formule italienne qu'il ne connaissait pas) sa mère Adelina Carboni et ses frères et sœurs au Canada et tous ses amis chers. Pas de fleurs, dons à des œuvres de charité.

Cavoure n'en revenait pas d'un tel coup de chance. Il fixait avec incrédulité la page imprimée. La mère d'Isabella Carboni – donc la grand-mère de Myriam Sarfati – vivait toujours ! Il aurait parié qu'elle était encore à Montréal.

Il consulta sa liste des Carboni. Il n'y avait pas d'Adelina Carboni, ni Carbone. Évidemment, une dame âgée... Il trouva une inscription A. Carboni. Il relut l'entrefilet du journal italien : Isabella Carboni était née en 1949 et était décédée en janvier à l'âge de quarante-huit ans. Suivant un calcul rapide, sa mère Adelina pouvait avoir aujourd'hui entre soixante-cinq et quatre-vingt-cinq ans. Elle pouvait aussi bien tenir encore maison qu'être disparue elle aussi depuis l'accident de sa fille, ou se trouver en résidence, en centre d'accueil, avoir perdu la tête, être remariée et ne plus porter le même nom, les possibilités...

Il décrocha le téléphone et composa le numéro d'A. Carboni. Un vieillard répondit, Adriano Carboni. Il voulait parler. Cavoure apprit qu'il vivait seul, que sa femme était à l'hôpital, que les enfants ne leur rendaient jamais visite et qu'il ne connaissait aucune Adelina Carboni. Une Isabella, si, une de ses petites-filles, elle avait quatre ans, la fille de son fils Saverio. Une autre Isabella, il y a longtemps, une cousine, une connaissance ? *No, mi dispiace.* C'est pas affreux que les enfants délaissent leurs vieux parents ? Sa femme et lui s'étaient échinés toute leur vie pour leur assurer une bonne éducation, aujourd'hui les enfants étaient bien placés et ils n'avaient plus une pensée pour leurs vieux. Adriano Carboni trouvait les années courtes, mais les journées longues.

Cavoure composa le numéro de Myriam Sarfati.

– Je vous avais dit que je vous appellerais aujourd'hui, dit-il. J'ai déjà des nouvelles.

– Commencez par les bonnes.

– Voici, j'ai sous les yeux la notice nécrologique de votre mère parue dans le *Messaggero* de Rome du 17 janvier. La notice dit que votre mère laisse dans le deuil des amis, sa mère, des frères et sœurs au Canada. Il se pourrait que votre grand-mère maternelle soit vivante, ici à Montréal. Du moins, elle aurait été vivante à la fin de janvier. Je vais tâcher de la retrouver, elle aura peut-être des faits à nous apprendre.

– Comment avez-vous trouvé ça ?

– En écrivant aux journaux de Rome. Le *Messaggero* m'a répondu. J'ai un point de départ. Je vous préviens, cela ne garantit rien. *Peut-être* que je pourrai retrouver votre père.

– Félix aussi me dit de ne pas avoir d'attentes, mais je vous fais confiance. Pas d'attentes, confiance, je déparle… Vous me prenez par surprise, je ne m'attendais pas à des résultats aussi rapides.

– Moi non plus… Votre ami est sage. La prudence est plus indiquée que la confiance. Mes recherches peuvent avorter assez vite. Je dois la retrouver, votre grand-mère, et si jamais elle est vivante et en santé, à Montréal plutôt qu'en Floride ou en Colombie-Britannique, si jamais je lui parle, j'ignore ce qu'elle pourra dire. Il est trop tôt pour se frotter les mains.

– Comment elle s'appelle ?

– Adelina Carboni. Son nom ne vous dit rien, je suppose ? Si je la retrouve, je vais essayer de la rencontrer. Vous voudrez m'accompagner ?

– Non… pas tout de suite. Je cherche mon père. J'aime mieux vous laisser faire votre travail. Tenez-moi au courant.

– Certainement. Je vous rappelle demain.

Douze

« Tenez-moi au courant. » Facile à dire.

Il pensa à une enquête d'il y avait une couple
d'années, qui avait longtemps piétiné avant
d'aboutir. En fait, elle s'était plutôt terminée
en queue de poisson. C'est au cours de cette
enquête qu'il avait rencontré Marianne. Il avait
été blessé ; Marianne l'avait recueilli, couvert
de sang, dans sa maison au milieu de la forêt,
l'avait soigné et remis sur pied. Et soudain, les
événements s'étaient bousculés, l'affaire s'était
éclaircie presque d'elle-même, quoique trop tard
pour pincer le malfaiteur et complice présumé
d'un meurtre, puisque la police l'avait « cap-
turé » sans vie dans une voiture.

Comment retrouver Adelina Carboni ?
En s'attelant à la liste des Carboni dans l'annuaire, en harcelant des gens – en espérant très
fort qu'elle soit toujours à Montréal. Il pouvait
tomber sur quelqu'un qui connaissait Adelina
Carboni et savait où elle se trouvait ou qui avait
connu Isabella Carboni autrefois. *Avanti !*

Rien au premier numéro, il raccrocha après
huit coups.

Rien au deuxième.

Et soudain : « Adelina Carboni est ma belle-sœur. Vous avez le mauvais numéro, elle est pas ici. »

Cavoure avait composé le numéro de Donato Carboni. Le beau-frère d'Adelina !

– Je voudrais lui parler. Vous savez où je pourrais la joindre ?

– Qu'est-ce vous voulez ? Qui vous êtes ?

– Je m'appelle Alain Cavoure. Je suis enquêteur privé (ne *jamais* dire « détective » à des personnes âgées) et j'aimerais parler à votre belle-sœur Adelina Carboni.

– Vous êtes la police ?

– *Non*, je ne suis pas de la police. Je suis enquêteur, je travaille dans le privé.

– Ma belle-sœur veut pas vous parler. Elle veut pas parler à personne.

Des fois, les subtilités ne mènent pas loin… Donato Carboni était un vieux monsieur qui écorchait le français. Cavoure lui demanda s'il préférait parler en anglais. Le vieillard lui répondit que son français était aussi bon que son anglais.

– Donc elle est vivante ?

– *Mia cognata è malata, she's sick.*

– Où est-elle ?

– Dans un hôpital. *No, not hospital… Una* résidence.

– Quelle résidence ? À Montréal ? Laval ? Boulevard Gouin ?

– Elle parle pas.

– Elle ne peut pas parler, me dites-vous. Est-ce que vous avez connu sa fille, Isabella Carboni ?

– Adelina a pas de fille Isabella. *Nessuno conosce Isabella. È morta Isabella.*

– Elle est morte ou elle n'existe pas ? Je ne comprends pas, M. Carboni.

– *Non c'è nulla da capire.* Mon frère a pas eu de fille Isabella. *È morta e dimenticata, Isabella.*

– Morte et comment ? Je n'ai pas bien entendu. *Dinticata?*

– *Dimenticata.*

– Qu'est-ce que ça veut dire ? *Disparita?*

– *Sparita,* ça veut rien dire. Adelina parle à personne.

– Attendez, M. Carboni. Il y a quelqu'un d'autre chez vous ?

– *No, sono vecchio e da solo.*

– Ne raccrochez pas, M. Carboni, je vous en prie. Je vais vous laisser mon nom et mon numéro de téléphone. Avez-vous un crayon et un papier ?

– *Momentino.*

Donato Carboni reprit le téléphone après une longue attente.

– *Pronto, posso scrivere.*

– Alors je répète : je suis Alain Cavoure.

– *Perché non parla italiano?*

– C-a-v-o-u-r-e avec un « e » à la fin, *non sono italiano.* Je suis enquêteur, mais je ne travaille pas pour la police. Mon numéro de téléphone est 524-1346. Vous avez noté ?

– *Si, si.*

– Si vous apprenez quelque chose qui pourrait m'aider, dit Cavoure, en détachant bien chacune de ses paroles, appelez-moi. Je voudrais parler à Adelina Carboni. C'est très important pour moi, et aussi pour une autre personne, une jeune femme…

– *Ho capito.* Je connais personne qui engage des détectives.

– Elle habite dans quelle résidence, votre belle-sœur ?

– *È molto malata.*

Clic.

Le vieux mentait à travers son chapeau, il s'était mis à parler italien en entendant le nom d'Isabella. Cavoure consulta son dictionnaire italien-français. *Dimenticare* signifiait en effet « oublier ».

Morta e dimenticata : morte et oubliée. Cavoure avec un « e » avait bien compris. Le vieux n'avait pas voulu transgresser un tabou. Il avait maintenant le numéro de Cavoure, peut-être se raviserait-il. Cavoure s'était fait particulièrement coulant et répétitif à la fin de leur conversation ; il fallait maintenant laisser à Donato Carboni, vraisemblablement le grand-oncle de Myriam, le temps de réfléchir. Il ne jugea pas bon de la rappeler si tôt. Peut-être pourrait-il en attendant monter un plan B, maintenant qu'il savait que la grand-mère était vivante, les contradictions du Donato ayant été on ne peut plus concluantes. Très malade, dans une résidence à trouver, Donato Carboni avait trop parlé.

Avec lassitude, Cavoure tendit le bras vers l'annuaire des pages jaunes.

Treize

Il fallut vingt-trois appels et, avec les inévi-
tables mises en attente, plus d'une heure et demie
pour trouver la résidence d'Adelina Carboni.
Vingt-trois appels, même pas un chiffre rond.
Un nombre premier, cependant. Quatre réception-
nistes avaient refusé de répondre à sa question,
sous prétexte que l'identité des « clients » était
confidentielle. Cavoure aurait aimé savoir
quelles conditions de vie une telle confidentialité protégeait. Quand des locataires en bonne et
due forme sont traités de « clients », les sorties en
groupe ne doivent pas être des plus fréquentes, ça
sentait le pâté chinois et le bingo.

Adelina Carboni habitait donc le Manoir
Claire Fontaine à Laval. Cavoure connaissait.
Environ deux fois l'an, il y rendait visite à
sa propre grand-tante. Il n'avait jamais pensé
qu'Adelina Carboni pouvait s'y trouver. Sans le
savoir, songea-t-il, frappé par la coïncidence, il
avait probablement déjà aperçu Adelina Carboni,
peut-être lui avait-il déjà souri ou dit bonjour.

Il se prépara à appeler Myriam Sarfati. Juive
élevée dans l'irréligion, fille adoptive, partageant

la vie d'un Félix (peut-on faire plus pure laine)
et Italienne de sang. Beau mélange, elle pouvait
bien se poser des questions et *vouloir savoir*. Il
avait de nouveaux éléments. Devait-il tenter de
communiquer avec Adelina Carboni, rappeler au
Manoir et obtenir son numéro avant de parler à
sa cliente ?

Il y avait deux ans – au moins deux ans, c'était
avant qu'il rencontre Marianne –, un homme
d'une trentaine d'années lui avait demandé de
retrouver sa mère biologique et de mener une
enquête à son sujet. Il vivait à Calgary, il était
fortuné, il travaillait dans l'industrie pétrolière ;
Cavoure lui avait été recommandé par un notaire
avec qui il avait déjà collaboré dans une affaire.
Le client partait travailler en Arabie saoudite
pour six mois et il avait remis à Cavoure une pro-
curation dûment notariée. Il était né à Montréal
et il avait maintenant deux enfants. Il désirait
retrouver sa mère naturelle, sauf qu'il n'avait pas
le temps de faire les recherches nécessaires et
il avait les moyens de s'offrir l'aide d'un privé.
L'enquête avait réussi. La mère était vivante, elle
résidait à Repentigny, l'adoption avait été officiellement documentée, Cavoure avait eu la partie
facile (sauf avec les fonctionnaires qui avaient
vu avec suspicion les documents notariés et les
pièces d'identité que Cavoure leur présentait). À
son retour du Proche-Orient, le client avait pris
connaissance du rapport de Cavoure, il avait payé
et il avait rencontré sa mère. Cinq ou six mois

plus tard, il mourait dans un accident d'hélicoptère en Alberta. Sa mère n'avait retrouvé son fils que pour le perdre une deuxième fois, de façon définitive. L'histoire avait été commentée dans les journaux.

L'enquête sur le père de Myriam était plus complexe, il ne pouvait guère tirer de leçons de son expérience pour la mener à bien. Il était sûrement à souhaiter qu'elle se termine de façon moins dramatique, moins désolante.

Le téléphone sonna au moment où, perdu dans ses souvenirs et ses hésitations, il fixait le combiné. Il décrocha.

– Agence Motus, bonjour.

– *Vorrei parlare al signore Cavour.*

– Je suis Alain Cavoure. Je peux vous aider ?

– *Non parla italiano ?*

– *No, non sono italiano, sono francese, il mio italiano…* mon italien est un peu loin.

– *Questo non pare troppo.* Votre nom m'a trompée, excusez-moi. Je suis Graziella Carboni, la fille de Donato Carboni. Vous l'avez appelé aujourd'hui. Qui êtes-vous au juste, qu'est-ce que vous lui voulez ?

– Je suis enquêteur privé. Je cherche de l'information sur Isabella Carboni et j'aimerais parler à Adelina Carboni.

– Adelina est ma tante, et je crois qu'Isabella serait ma cousine.

– Vous êtes la cousine d'Isabella Carboni ? Votre père m'a dit qu'il ne connaissait aucune

Isabella Carboni, elle était morte et oubliée. *Morta e dimenticata.*

– C'est vrai, et en même temps elle est vivante, en Italie.

– Je suis désolé, madame Carboni, Isabella ne vit plus en Italie, elle a eu un accident. Elle est vraiment morte, en janvier.

– Elle est morte ? En janvier ? Cette année ?

– Oui, dans un accident de la route au sud d'Amalfi.

– *Dio, Dio !* La famille n'en a jamais rien su. Isabella a été effacée depuis qu'elle est partie du Canada. Elle ne fait plus partie de la famille. Mon père a dû vous le dire.

– Oui et non, il m'a fait savoir qu'Isabella Carboni n'avait jamais existé et qu'elle était morte et oubliée. La contradiction m'a intrigué…

Cavoure l'avait soupçonné en parlant à Donato Carboni : Zampi, le mari d'Isabella Carboni, avait mentionné pour la forme les parents du Canada dans sa notice, car il ne les avait jamais prévenus, la notice était parue la veille des funérailles. Dans son testament, Isabella Carboni n'avait rien laissé à ses proches du Canada, sauf sa fille, puisque le notaire Bianchi n'avait pas lui non plus communiqué avec sa famille. Les instructions d'Isabella Carboni à son notaire, et à son mari, avaient sans doute été de ne *pas* faire débarquer la famille du Canada.

– Ça ne m'étonne pas. Et vous recherchez ma tante Adelina.

– Je crois l'avoir trouvée. Elle est au Manoir Claire Fontaine.

– Quand vous avez parlé à mon père, vous vouliez savoir si elle était vivante. Vous travaillez vite, monsieur Cavoure. Si j'ai besoin d'un détective un jour, je vais vous appeler. Vous pouvez me dire pourquoi vous vous intéressez à ma tante ? Et comment vous avez su qu'Isabella est morte ?

– C'est délicat… je ne peux pas vraiment entrer dans les détails. Ma cliente aimerait la rencontrer.

En réalité, Myriam Sarfati n'avait nullement exprimé le vœu de rencontrer sa grand-mère. Cavoure pédalait à la conjecture, mal à l'aise.

– Je comprends. Et votre cliente serait la fille de ma cousine Isabella. La petite-fille de ma tante et une parente à moi, quoi.

– Qu'est-ce que vous dites ?

– Isabella était peut-être morte, mais oubliée, non. La famille n'en parlait pas ouvertement, mais tout le monde était au courant.

– C'est possible, je ne peux rien confirmer. Je ne veux pas mentir non plus. Surtout si vous êtes prête à m'aider.

– Je ne sais pas si je peux vous aider. Je ne connais pas grand-chose au sujet d'Isabella.

– Est-ce que nous pourrions nous rencontrer ?

– Rencontrer un détective privé ? *I'm game !* Où et quand ?

– Aujourd'hui, c'est possible ?

– Je suis libre aujourd'hui, justement j'ai pris le temps de passer voir mon père. Il m'a parlé de votre appel, il m'a montré votre numéro. Dans une heure, vers quatre heures, ça vous irait ?

– Absolument. Où êtes-vous maintenant ?

– Dans ma voiture. Je dois passer prendre une commande au Milano. Vous connaissez le restaurant La Fornarina ? En face du Milano, au coin de la rue Dante ? Nous y serions bien pour parler.

– J'y serai, à quatre heures. Comment pourrai-je vous reconnaître ?

– Nous serons seuls, je porterai un chapeau blanc.

– Entendu. En passant, madame Carboni, j'aimerais que notre conversation demeure confidentielle. Il est question de recherches un peu particulières et ma cliente…

– J'ai tout compris, soyez tranquille.

– Je vous remercie d'avoir rappelé. *A presto*.

Quatorze

À quatre heures moins deux, Alain Cavoure se présenta à la Fornarina. Le restaurant était fermé. Il remua la porte, vit quelqu'un à l'intérieur. Un homme vint lui faire signe de revenir dans une heure. Où était Graziella Carboni ?

Il se tourna, inquiet. Une femme traversa la rue. Elle portait un chapeau blanc, son visage lui était connu.

– Graziella Carboni ? lui demanda-t-il.

– C'est moi, dit-elle avec le sourire en tendant la main.

– Alain Cavoure, dit-il. Enchanté. Malheureusement, le restaurant est fermé.

– Je sais.

Graziella Carboni frappa vivement sur la porte et agita la main. Le serveur revint vite et lui ouvrit.

– *Graziella! Che sorpresa! Do you have a reservation, ma'am?*

– *Sempre il buffo!* Luca, je te présente Alain Cavoure. Il n'est pas italien. M. Cavoure, Luca Casale.

Luca tendit la main et dit : « Enchanté, entrez. »

Graziella Carboni expliqua à Cavoure que sa société d'importation fournissait la Fornarina en huile d'olive. Elle demanda au garçon d'apporter deux verres de blanc.

– Vous boirez bien un verre, dit-elle à Cavoure, avec un sourire qui n'avait rien d'interrogatif.

Or, il avait bien vu l'affiche « Apportez votre vin » dans la fenêtre. Graziella Carboni avait effectivement droit à des attentions particulières.

Luca revint vite avec deux verres et une bouteille de Pinot grigio. « Gracieuseté de la maison, dit-il, vous vous servirez. » Il déboucha la bouteille, remplit les verres et s'éloigna.

– *Salute !* fit Graziella. C'est la première fois que je rencontre un détective.

– C'est la première fois que je rencontre une femme d'affaires italienne. Quelle marque distribuez-vous ?

– Bartoni, Pratelli et Gabini.

– Je suis un de vos clients, j'achète réguliè-rement la Pratelli.

– Essayez la Gabini. Plus chère, mais quel goût ! Luca !

Une minute plus tard, Luca déposait sur la table une petite assiette d'olives et de piments ainsi qu'un bol d'huile Gabini, d'un vert profond, et un panier de rondelles de pain. Exquise, la Gabini, odeur piquante, un beau goût d'amande et de pomme verte.

– Le mois prochain, reprit Graziella, nous importerons l'huile Ofelia avec un distributeur de New York. Une huile de Toscane, vous n'avez jamais rien goûté de pareil ! C'est plus que vrai, je serai le premier distributeur au Canada. Enfin, vous n'êtes pas venu parler d'huile d'olive. Je vous écoute.

Cavoure exposa, « en toute confidentialité », la mission que Myriam Sarfati lui avait confiée. Graziella Carboni ayant déjà deviné une moitié de l'objet de ses recherches, il aurait été inutile de lui en cacher l'autre. Comme il avait besoin de sa collaboration, autant la mettre au parfum. Gardant pour lui les détails concernant le testament d'Isabella Carboni-Zampi et une certaine police d'assurance-vie, il résuma les démarches entreprises et les résultats obtenus, jusqu'à sa conversation avec Donato Carboni et l'appel de Graziella quelques heures plus tard. Et ses appels aux résidences pour personnes âgées de la région métropolitaine qui lui avaient permis, entre le moment où il avait parlé à son père et celui où Graziella l'avait rappelé, de découvrir où Adelina Carboni se trouvait. Et pour finir, il rencontrait et parlait à la cousine d'Isabella Carboni.

– Vous auriez pu me rappeler plus tôt, lança-t-il en riant, j'aurais perdu moins de temps à téléphoner aux résidences ! Quand je me suis levé, je n'en attendais pas tant de ma journée. En passant, je vous ai déjà vue à la résidence. J'y rends visite à une de mes tantes, un jour je vous ai vue, je me rappelle. En compagnie de votre tante, sans doute. Je peux ajouter qu'une belle femme comme vous ne passe pas inaperçue dans la salle à manger de la Claire Fontaine.

– Merci. Vous êtes sûr que vous n'êtes pas Italien ? demanda-t-elle en riant à son tour.

Graziella Carboni, qui ne devait pas porter la quarantaine depuis longtemps, était en effet belle femme, élégante, très gracieuse. *Carina*, diraient les Italiens. Si elle avait à parler de sa rencontre avec Alain Cavoure à quelqu'un, elle ne dirait pas qu'il était *carino*. Il était moins frais qu'elle, et leurs budgets respectifs en produits de beauté n'avaient sans doute rien de comparable.

– J'avais envie de vous le dire depuis que je vous ai vue traverser la rue. Voilà, je me suis vidé le cœur, passons aux choses sérieuses. Votre tante Adelina, sa fille Isabella et votre parente, ma cliente.

– Je vais voir ma tante souvent, répondit-elle. Elle ne se porte pas très bien, elle a été opérée dernièrement et sa mémoire en a perdu.

– Elle peut se rappeler les événements d'il y a une trentaine d'années, ce qui a pu se passer ? Elle souffre d'alzheimer ou quoi ?

– Ça dépend des jours. Des fois, elle raconte des souvenirs, elle parle de son père, beaucoup de sa mère, de ses frères et sœurs quand ils étaient enfants là-bas, et sa langue est tellement belle, pleine d'images, de tournures savoureuses, je suis fascinée quand je l'écoute. Le lendemain, elle se répète, mais les histoires ne se ressemblent pas, on se demande si c'est vrai.

– Votre père m'a dit qu'elle était très malade et qu'elle ne pouvait parler.

– Elle ne lui parle pas à lui, mais elle conserve l'usage de la parole. Elle parle de plus en plus en calabrais, par contre.

– Dites-moi ce que vous savez au sujet d'Isabella.

Graziella Carboni releva ses lunettes sur ses cheveux.

Une histoire triste, qui ne pouvait pas ne pas mal finir. Isabella était l'aînée des filles, la première à marier. Quand on avait appris qu'elle était enceinte, elle avait été cruellement jugée par la famille. Si encore il avait été question de mariage avec un homme honnête, la situation aurait pu s'arranger. Non, elle avait refusé de divulguer l'identité du père et pas un homme ne s'était présenté pour reconnaître sa paternité. Après quelques recherches, on avait appris qu'Isabella avait fréquenté le fils d'un patron du crime. Federico Carboni se montra intransigeant : jamais sa fille ne serait la femme d'un mafioso, on ne corrige pas un malheur par un autre. Isabella fut envoyée dans un foyer, elle mit au monde une fille et l'abandonna aux services d'adoption. Elle revint à Montréal, le ventre et le cœur vides. Elle n'avait pas vingt ans. Peu après, elle avait quitté le domicile de ses parents, trouvé un emploi et un appartement et, l'année suivante, elle était partie en Italie. Elle avait habité Avellino quelques mois, puis elle était montée à Rome et la famille l'avait perdue de vue. Pour apprendre quelques années plus tard qu'elle avait fait un beau mariage dont personne n'avait été avisé. Une telle succession de camouflets l'avaient totalement désavouée aux yeux de la famille.

Maintenant elle revenait en fantôme, dans des circonstances qui correspondaient parfaitement à son caractère fantasque. Se faire connaître de sa fille au moment de son décès ! Pas un jour plus tôt !

— Isabella a précisé que sa fille ne devait pas connaître l'identité de son père, dit Cavoure. Or, c'est précisément ce que ma cliente désire, elle veut savoir qui est son père. Je ne veux pas être plus précis, je peux seulement vous dire qu'elle a été très ébranlée par la nouvelle.

— Vous avez vu *Secrets & Lies* de Mike Leigh ?

— Non, mais c'est curieux, ma cliente m'a parlé d'un autre film, *L'homme qui voulait savoir*.

— J'ai vu aussi. L'histoire de votre cliente est un peu semblable. Elle sait dans quoi elle s'embarque ?

— Pas vraiment, je suppose, mais je vous parle d'une vraie personne, pas d'un film. Que voulez-vous dire ?

– La vérité pourrait être déplaisante. Elle tient vraiment à apprendre que son père était un voyou ? demanda Graziella.

– Elle mériterait mieux…

– Elle ne mérite rien, vous et moi non plus. *Bad things happen to good people.*

– Sans doute. Vous connaissez le père ?

– J'ai une idée. Vous savez ce que c'est, la mafia ?

– Oui et non. J'ai vu des films, j'ai lu des livres…

– Des livres, des films. À mon tour de vous parler de la vraie vie. Je vais vous raconter une histoire, vous verrez s'ils montrent ça dans les films.

Graziella lui raconta le meurtre d'Alberto Agueci, un trafiquant de Toronto qui avait menacé Stefano Magaddino, le patron de Buffalo, parce que celui-ci avait manqué à sa parole. Agueci fut retrouvé dans un champ de maïs près de Rochester. Il avait les bras liés dans le dos, la mâchoire brisée, huit dents et trois côtes cassées. Ses bourreaux l'avaient attaché à un arbre avec des barbelés avant de lui promener un chalumeau sur le visage, lui brûlant la face et les yeux. Ils l'avaient amputé d'une trentaine de livres de chair, dont les mollets. Ils lui avaient fourré ses parties génitales dans la bouche. D'après le rapport d'autopsie, la torture d'Agueci avait duré des jours et il était demeuré vivant jusqu'à la fin. Lorsqu'il n'était plus rien resté à lui enlever, ses tortionnaires l'avaient étranglé, avaient arrosé son corps d'essence et allumé ses restes.

– Agueci était un cousin de ma mère, tout le monde connaît son histoire par cœur dans la famille. C'est ça, la mafia. Ça se passait en 1961, mais des années plus tard, quand Isabella a eu un enfant, les souvenirs étaient encore frais, les gens dans ma famille avaient peur. Je ne suis pas sûre que les criminels ont tellement changé. Peut-être que oui, je ne pourrais pas vous le dire, mais vous comprenez pourquoi mon oncle ne voulait pas d'un bandit dans sa famille ?

– Oui, je peux imaginer… Donc vous savez qui était le père ?

– Plus ou moins. J'ai entendu parler du fils de Gabriele Sandrelli. Giovanni… Gianni, je crois. Les Sandrelli étaient avec la famille Cotroni. Un jour, ma mère m'a dit que le fils Sandrelli était le père d'un enfant de la famille. Une autre fois, quand lui et son frère ont témoigné dans un procès, on les a vus à la télévision, ma cousine Emilia m'a dit que Gianni avait déjà été avec sa sœur Isabella, partie en Italie, qu'il était le père du seul bâtard de la famille. Malgré les mystères et les mensonges, la vérité finit par sortir. Mais rien n'assure que Gianni Sandrelli voudrait reconnaître sa fille aujourd'hui. Il ne l'a pas fait il y a trente ans, il devait avoir ses raisons…

– Vous pensez que dans la famille, les sentiments ont changé ?

– Je ne sais pas. Je pense à ma cousine. Isabella s'est mariée sans inviter personne, la famille n'a pas été avertie de sa mort, elle devait en avoir gros sur le cœur ! Le pire est que notre famille est une bonne famille, vous comprenez, de *bonnes* personnes en général. Il y avait trop de religion, l'honneur et le déshonneur, c'était stupide, ça se passait il y a si longtemps… J'en ai assez des secrets de famille, ça finit toujours en rumeurs et ça finit toujours mal.

– Si je dois rencontrer votre tante, vous aimeriez m'accompagner ?

– Pas vraiment, dit Graziella Carboni. Je ne tiens pas à me brouiller avec elle ou avec le reste de la famille. Il y en a qui ont investi dans ma compagnie… J'aimerais mieux que vous tentiez votre chance d'abord, après on verra.

– Vous avez raison. Alors, si je n'arrive à rien, je pourrais compter sur vous ?

– Oui, sans doute.

Quinze

Cavoure avait donc une piste. Elle n'était pas cependant des mieux balisées. Un policier aurait interrogé d'autres membres de la famille, cherché à obtenir la confirmation – une « corroboration » – des dires de Graziella Carboni, mais justement, il n'y avait pas eu de crime, Cavoure n'était pas policier et il ne pouvait obliger les gens à répondre à ses questions. Il lui faudrait d'abord voir quelle sorte de jus il pourrait presser des renseignements fournis par la très jolie Mme Carboni, cousine présumée de la défunte mère de Myriam.

Cavoure aurait pu appeler Myriam en quittant la Fornarina. Son instinct lui conseilla d'attendre au lendemain comme prévu. Il essaierait auparavant d'en savoir davantage sur la famille Sandrelli, sur ce Gianni ou Giovanni. Comme Graziella Carboni, il doutait que sa cliente serait enchantée d'apprendre que son père naturel trempait dans le crime organisé – si Graziella disait vrai. Faisait-il toujours partie du milieu, était-il vivant ? Voudrait-elle le rencontrer ? Autant faire quelques recherches d'abord, et aussi en discuter avec Marianne. Il avait pour principe de parler le moins possible de ses enquêtes à Marianne. Les rares fois qu'il lui faisait part de ses soucis et lui demandait son avis, elle l'écoutait avec attention et se montrait de bon conseil. Il la consultait sur des affaires délicates, quand il devait faire preuve de doigté ou d'une discrétion particulière, ménager des sensibilités – et il en éprouvait maintenant le besoin. Elle avait congé aujourd'hui, il l'appela à la maison.

Ainsi qu'il en avait l'habitude quand il voulait parler turbin avec Marianne, il l'invita au restaurant. « Tu es dans l'eau chaude, dit-elle en riant. J'accepte à condition de manger thaïlandais. Tu vas encore me raconter une histoire triste, alors j'ai un goût de parfums et de couleurs ! » Cavoure avait songé au Yoyo, rue Gilford, mais il n'était pas en mesure de protester, il n'en éprouva du reste nulle envie : à lui aussi, les suaves arômes du basilic, du poivre vert et du lait de coco feraient le plus grand bien.

Avant de fermer boutique, Cavoure lut son courriel. Il avait reçu des invitations à s'abonner à des sites de poupounes très impudiques (il en recevait de plus en plus, la situation devenait carrément irritante), un avis de la revue *Nature* l'informant que son abonnement tirait à sa fin et des blagues, comme toujours, de Rémi, son ami diplomate à Mexico.

Dès qu'elle entendit le bruit de la voiture, Marianne rejoignit Cavoure. Ils se dirigèrent à pied vers leur restaurant thaïlandais préféré pour la bonne raison qu'on y servait la meilleure cuisine thaïlandaise en ville, à vingt minutes de marche. En route vers le Chao Phraya, aussi pressé de lui exposer son problème que Marianne était curieuse de l'entendre, Cavoure lui expliqua son dilemme.

Marianne comprenait vite, surtout quand il était question d'épargner des douleurs inutiles à quelqu'un.

– Ta question serait la suivante, dit-elle. Tu te demandes si Myriam Sarfati a intérêt à savoir que son père est un criminel patenté.

– Oui et non. Si son père trempe dans le crime organisé, elle l'apprendra, je n'aurai pas le choix. L'information appartient au client. Je pense plutôt à la façon de le dire, à ce que je dois vérifier avant de lui faire mon rapport. Je me demande jusqu'à quel point je dois fouiller la filière Sandrelli. Je fais quoi ?

– Tu aurais probablement intérêt à en savoir plus long sur Sandrelli avant d'en parler à ta cliente.

– J'aimerais surtout savoir si c'est vraiment lui le père. Jusqu'ici, je n'ai que des rumeurs venant d'une seule personne. La cousine prétend qu'Isabella a été bannie de la famille. C'est peut-être des ragots que les Carboni répètent pour avoir bonne conscience ou qui cachent autre chose, qui sait. Il y a un détail qui me chicote. Graziella m'a plus ou moins dit que sa tante souffrait d'alzheimer et une minute plus tard qu'elle passait son temps à raconter des souvenirs de jeunesse. Elle est lucide ou elle ne l'est pas, je me pose des questions. Je n'ai aucune raison de douter de Graziella Carboni, je suis porté à la croire, mais les secrets de famille, des fois… Je serais plus à l'aise si j'avais une deuxième source. Après trente ans, la sincérité joue des tours, autant que le mensonge.

Ils devisaient ainsi quand Marianne s'arrêta devant la vitrine d'une galerie d'art.

– Je voulais t'en parler, puis j'ai oublié. Regarde.

Bien en évidence, un grand tableau intitulé *Vue du cratère Tycho* représentait une mappemonde dans la projection de Mercator. De l'Arctique à l'Antarctique, pôles amputés et comprenant les lignes des vingt-quatre méridiens et des parallèles, des tropiques, de l'équateur. Seulement, vue de l'hémisphère Sud de la Lune, la perspective était inversée, le Nord étant à la place du Sud et vice versa. Tout à coup, les masses terrestres, au lieu de s'amenuiser vers le bas, montaient en s'effilant comme des flammes. Les noms des pays, des continents et des océans étaient cependant à l'endroit et le dessin était extrêmement minutieux. Le peintre avait reproduit les principales chaînes de montagnes, terrestres et sous-marines, les sutures des plaques tectoniques sous la mer, dessinées à l'aide de petits traits bleu foncé. Le tableau comptait des milliers et des milliers de minuscules touches de pinceau. L'idée était simple, pourtant une telle représentation de la planète remettait en question une foule d'idées sur le haut et le bas, le centre et la périphérie, le supérieur et l'inférieur, et à tant d'autres égards la conception que l'on se fait du monde. De la morale aussi, pourquoi pas, du tien et du mien, du vol et du don. Le tableau, d'un certain Christian Montpetit, coûtait deux mille cinq cents dollars.

Un petit panneau laminé posé à côté du tableau montrait une photographie de la Lune. Une flèche indiquait l'emplacement du cratère Tycho et on y lisait le texte suivant :

Le cratère Tycho, nommé en l'honneur de l'astronome danois Tycho Brahé (1546-1601), est l'un des plus remarquables cratères de la Lune, en raison des rayons qu'il projette sur une vaste étendue de la surface lunaire. D'un diamètre d'environ 85 kilomètres, il a été produit il y a 109 millions d'années par la chute d'une énorme météorite. Il contient en son centre un piton créé par un rebond du sol et ses rayons spectaculaires résultent de la retombée des matières soulevées par l'explosion. Ce jeune cratère est situé dans l'hémisphère Sud de la Lune. De Tycho, c'est ainsi que la Terre paraîtrait à un observateur, jeune ou vieux, riche ou pauvre.

– Intéressant, fit Cavoure.

– Intéressant ? Mais c'est génial ! rectifia Marianne. Regarde le détail, pense au travail !

– Ce serait beau dans la chambre à coucher. On rêverait au déséquilibre Nord-Sud, on se lèverait toujours du pied gauche, prêts à continuer le combat. Il n'y a pas à dire, c'est moins débile qu'une blonde 36-D toute nue sur du velours !

– Alain ! je suis sérieuse !

– Moi aussi, chérie. Si je réussis mon enquête, on l'achète.

– Je voulais te le montrer, je n'ai pas parlé de l'acheter.

– Maintenant, est-ce que c'est de l'art militant, de l'astronomie ou de la politique, on pourrait en discuter. *Le Monde diplomatique* coûte moins cher.

– La peinture ne s'est pas arrêtée avec la mort de Florent Cazabon, tu sauras. Tu as beau avoir un portrait de sa fille qui vaut une fortune, parfois je me demande… Et puis non, je n'ai pas envie de m'obstiner. Parlons de ton enquête, allons manger ! Viens-t'en !

Au Chao Phraya, Marianne éloigna soudain la tête des odeurs enivrantes de son poulet au cari rouge et basilic et revint sur une question qui la préoccupait.

– Alain, il faudrait quand même que tu fasses attention. D'après ce que tu dis, les Sandrelli ne font pas dans les buanderies de quartier.

– Peut-être que oui, pour blanchir l'argent.

– T'es pas drôle ! Je sais bien que tu as un cœur de girafe, mais es-tu vraiment prêt à mettre ta vie en danger pour éviter une déception à Myriam Sarfati ?

– Chérie, j'ai un cœur parfaitement normal. Mais tant qu'à parler zoologie, c'est quoi la différence entre un taureau et une vache ?

– Je ne sais pas trop…

– C'est le sexe, Marianne. Tu vois, tu te compliques la vie pour rien. Sois tranquille, je fais attention, je prends mes précautions.

– C'est supposé être drôle ça aussi ou quoi ?

– Mon Dieu, je suis en train de ruiner ton souper. De coutume, on ne discute pas ici, on grogne de plaisir. Tu as raison, j'ai un problème, peut-être deux ou trois. Je te rassure, demain je vais passer la journée à la bibliothèque, je ne risque pas d'être attaqué. Arrête de t'inquiéter, fais-moi un beau sourire.

– Fais-moi un beau sourire ! Alain !…

– Ben quoi… D'accord, je t'en raconte une bonne et tu vas rire. C'est Rémi qui m'a envoyé ça tout à l'heure. Un homme gagne un billet pour la finale du Canadien. Ça déjà, c'est une farce, mais attends. Alors il gagne un billet, il se rend au Centre Molson et il est très déçu. C'est un billet debout, en haut complètement. Tout à coup, au milieu de la première période, il voit une place libre juste en arrière du banc des Canadiens. Vite il descend et il demande au gars assis à côté si la place est libre. Le gars dit oui et notre homme s'assoit. Au premier arrêt du jeu, le chanceux se tourne vers son voisin et dit : « J'en reviens pas ! Le type qui est pas venu est fou, avec une place pareille ! » L'autre lui dit, un peu triste : « En fait, c'était la place de ma femme, mais elle n'a pas pu venir, elle est morte. » L'autre est consterné. « Je suis désolé, mon vieux. T'aurais pas pu offrir son billet à un parent, je sais pas ? » L'autre lui dit : « Ah, j'ai ben essayé, mais tout le monde est au salon funéraire. » Voilà, je t'ai eue, tu ris !

Seize

Cavoure passa la matinée à lire des micro-films à la bibliothèque centrale. Il se fit copieuse-ment bombarder de photons et l'attaque fut aussi instructive qu'indolore, ainsi qu'il l'avait promis à Marianne.

En 1975, Gabriele Sandrelli avait témoigné devant la Commission d'enquête sur le crime organisé, mieux connue sous l'acronyme CECO, présidée alors par le juge Jean-Luc Dutil. En 1976, ses deux fils, Michele et Gianni, avaient également été cités à comparaître. Les travaux de la Commission avaient fait couler du sang, mais on ne fait pas une lutte contre le crime sans casser des os. Des témoins furent assassinés durant l'enquête, dont quatre membres du clan Dubois. La famille Sandrelli s'en était tirée avec des ecchymauves. À l'époque, les Sandrelli étaient affiliés à la famille Cotroni, elle-même alliée à la famille Bonanno de New York, dirigée par Carmine Galante depuis que Joseph « Joe Bananas » Bonanno s'était retiré sur ses terres en Arizona.

Dès 1978, la situation avait évolué et les Sandrelli avaient nettement monté en grade : le fils Michele était condamné à onze ans de prison pour importation et trafic de stupéfiants. Un chargement de quatre millions de dollars d'héroïne avait été saisi au port de Montréal, en provenance de Marseille. En 1984, Gabriele Sandrelli avait à son tour été accusé de trafic de stupéfiants, un chargement de cocaïne en provenance d'Amérique latine cette fois, et relaxé en raison d'un vice de forme. En 1985, Michele Sandrelli, récemment libéré de prison après avoir purgé six ans de sa peine, était de nouveau arrêté pour complot de meurtre et d'extorsion. Lui aussi avait bénéficié d'un non-lieu à la suite d'une erreur des enquêteurs. En 1993, un procès retentissant impliquant la mafia de Montréal et des familles de New York avait fait resurgir le nom des Sandrelli, les frères Michele et Gianni avaient encore dû s'amener à la barre des témoins. Tour à tour, nos chérubins tendirent les bras vers le jury et s'en tirèrent sans difficulté. Depuis, les Sandrelli avaient de toute évidence perfectionné leurs méthodes, car ils avaient annulé leur abonnement à un banc familial au palais de justice et s'étaient tenus loin des juges. Peut-être étaient-ils passés du trafic des stupéfiants à des opérations moins hasardeuses, mais il était peu probable qu'ils se soient recyclés dans l'apiculture ou la protection de l'environnement.

En 1995, Michele Sandrelli disparut. Un soir de septembre, le lendemain de son cinquantième anniversaire, qui avait été célébré en grand, il ne rentra pas chez lui et plus personne ne le revit jamais, mort ou vif. Les spécialistes du milieu soupçonnèrent un règlement de compte commandé par les Hells ou une bande rivale, car une famille italienne n'aurait pas eu l'indignité de ne pas rendre le corps. Le cadavre est un message et une signature. (Cette règle souffre des exceptions : les familles siciliennes ont aussi une certaine affection pour la *lupara bianca*, ou fusil à canons sciés, dit *bianca* parce que le corps se volatilise.)

En lisant les comptes rendus des dernières comparutions des frères Sandrelli, Cavoure comprit que l'un des petits-fils de Gabriele Sandrelli, Damiano, l'aîné de Michele le disparu, était devenu l'as du droit criminel et pénal dans l'état-major de la famille.

La famille Sandrelli brassait ainsi de grosses affaires (pouvant par exemple retomber sur ses pattes après des saisies de plusieurs millions) et n'avait pas de temps à perdre dans les laveries ou les dépanneurs, contrairement à ce qu'il avait dit la veille en riant pour rassurer Marianne. Les années soixante à quatre-vingt avaient été marquées par le trafic de la drogue et le jeu. Depuis que les gouvernements s'étaient emparés des loteries pour en faire une honte plus lucrative que jamais et que les gangs de motards avaient fait main basse sur le commerce des stupéfiants, les Sandrelli avaient sûrement ajusté leurs plans d'affaires. Les archives ne disaient pas à quels trafics ils pouvaient se livrer maintenant. Cavoure doutait cependant que leurs opérations fussent toutes parfaitement Ivory.

Si Marianne avait raison ? Avait-il les moyens de se frotter à la famille Sandrelli ? Quand même, se rappela Cavoure, il n'enquêtait pas sur les opérations et transactions de la famille, il cherchait uniquement à établir si un homme avait couché avec une certaine femme trente ans plus tôt.

Sachant mieux qui était le Gianni, Cavoure n'avait pas intérêt à scruter ses activités de trop près. Malgré sa curiosité instinctive, il devait se discipliner, s'en tenir à son mandat : trouver le père de Myriam, confirmer ou infirmer les indices dont il disposait. En fouillant le passé de Sandrelli, il risquait de trébucher sur un fil et d'attirer un excès d'attention. Néanmoins, il avait du mal à réprimer une tentation, un intérêt personnel, la « volonté de savoir » de Myriam se faisait contagieuse.

Il appela au Manoir Claire Fontaine et se nomma. Il savait déjà, des visites à sa tante Blanche, que le souper était servi à cinq heures. Il apprit que la dame Adelina Carboni s'y rendait ponctuellement à cinq heures quinze. Ainsi, si elle descendait tous les jours à la salle à manger, son état de santé n'était peut-être pas aussi inquiétant que l'avait laissé entendre Graziella Carboni.

– Il paraît qu'elle souffre d'alzheimer, dit-il.

– Qui vous a raconté ça ? Mme Carboni relève d'une petite opération, à part ça elle est en excellente santé. Vous appelez pourquoi au juste ?

– Je dois lui rendre visite et j'aimerais savoir à quoi m'attendre. Je me présenterai à la réception un peu après cinq heures. Je peux vous demander votre nom ?

– Yvonne Talbot.

– Vous serez à la réception ?

– Jusqu'à huit heures.

– Alors je vous parlerai d'abord. Merci.

Une chose de faite, et Yvonne Talbot venait de confirmer qu'il avait pris la bonne décision. Il appela à la maison et laissa un message à Marianne disant qu'il ne rentrerait pas souper, il serait à la Claire Fontaine, il ne courrait aucun danger.

Ma foi, il verrait du coup sa grand-tante, laquelle serait ravie. Il tendit la main vers le dictionnaire français-italien et prépara quelques phrases d'introduction.

Dix-sept

À dix-sept heures cinq, Cavoure arrivait au Manoir.

— Je voudrais parler à Yvonne Talbot, dit-il à la réceptionniste. C'est vous, je crois.

— Oui. Vous êtes monsieur Cavoure ? Je vous reconnais maintenant.

— Je viens voir Blanche Gagnon de temps en temps, comme je l'ai dit. Alors Mme Carboni devrait descendre bientôt ?

— Normalement. Voulez-vous que je vous annonce ?

— J'aimerais que vous veniez avec moi. Si vous pouviez faire les présentations, elle se sentirait plus en confiance. Si c'est possible…

— Quels sont au juste vos rapports avec Mme Carboni ?

— Ça existe ici, la confidentialité ?

— Bien sûr.

— Je suis enquêteur privé. Je travaille pour une parente de Mme Carboni et j'aurais des questions à lui poser. Je vais aussi en profiter pour saluer ma tante, bien sûr, ajouta-t-il avec un sourire entendu.

Il marchait sur du savon. Si Yvonne Talbot décidait qu'il n'était pas dans l'intérêt d'Adelina Carboni de voir un détective, la situation pouvait se compliquer. Il devinait que la réceptionniste se faisait des réflexions identiques.

– À quel sujet voulez-vous lui parler ?

– Cela aussi est confidentiel. Je vous assure, je ne lui veux aucun mal. Vous pourriez m'aider, la mettre en confiance.

– Je n'ai pas à filtrer les visiteurs de nos résidents, dit Yvonne Talbot avec hésitation, mais d'habitude je les préviens d'une visite inattendue. Enfin, venez, elle devrait descendre bientôt. Après je devrai vous laisser, vous vous expliquerez. Je vous le dis tout de suite, elle a plus de quatre-vingts ans, elle a déjà été plus vaillante.

– Mais elle ne souffre pas d'alzheimer ?

– Pas du tout ! répondit la réceptionniste. Elle a des oublis comme tout le monde, mais elle est parfaitement lucide. Cet hiver, elle s'est fait opérer pour un chancre à la tempe. À part ça, elle se porte plutôt bien pour une femme de son âge.

Yvonne Talbot s'arrêta dans la porte d'une pièce adjacente et dit : « Je m'absente deux minutes. Tu me remplaces ? »

Cavoure la suivit. Il n'eut pas aussitôt mis les pieds dans la salle à manger qu'il aperçut sa tante. Il demanda à sa guide de l'attendre, passa à la table de Blanche Gagnon. « Je suis ici pour rencontrer une autre personne, dit-il, je vous reverrai tout à l'heure. Bon appétit. » Il rejoignit la réceptionniste et la suivit jusqu'aux ascenseurs.

– Parlez-vous italien ? demanda-t-elle.

– Pas vraiment.

– Vous risquez d'avoir de la misère avec Mme Carboni. Elle parle surtout italien, très peu le français, son anglais n'est pas fameux non plus.

Yvonne Talbot lui dit cela avec le sourire, comme si elle avait été soulagée de voir que l'entretien risquait de ne pas aller loin. Cavoure ravala ses inquiétudes et attendit.

Il arrivait à l'heure du souper, les ascenseurs avaient chaud. La troisième fois que les portes s'ouvrirent, la réceptionniste lui toucha le bras. « La voilà, dit-elle, la dame à gauche. »

Adelina Carboni n'avait nullement l'air d'une vieille femme décrépite. Impeccablement mise, avec cette coquetterie de dame âgée, elle portait un collier de perles et des boucles d'oreilles, et ses cheveux, d'une blancheur immaculée, étaient fraîchement coiffés. Elle portait une robe fleurie et tenait son sac à main contre son flanc. Elle était accompagnée d'une autre femme avec laquelle elle conversait en italien. Peut-être Yvonne Talbot avait-elle raison. S'il fallait un interprète pour parler à Adelina Carboni, la conversation risquait fort d'avorter, il saluerait sa tante et repartirait bredouille. Du moins, Mme Carboni n'était nullement muette, elle parlait sans difficulté.

– Madame Carboni, dit Yvonne Talbot, il y a quelqu'un ici qui aimerait vous parler. Je vous présente Alain Cavoure. Monsieur Cavoure, Adelina Carboni.

Adelina Carboni le fixa un instant, regarda sa main tendue et finalement la prit.

– *Piacere!* dit-il.

– *È italiano?* demanda-t-elle.

– *No, mi chiamo Cavoure, con una « e », sono francese. Capisco un poco, ma non di più.*

– *Ha! ha! Capisco un po', ma non di più!*

Eh… Au moins la glace était brisée et les premières impressions n'étaient pas mauvaises, puisqu'elle se permettait de se payer sa tête ! Le plus difficile était à venir.

– Pourrions-nous parler quelques minutes ? demanda Cavoure, en articulant avec une netteté exagérée. J'aimerais vous parler de quelque chose de personnel, *parlarLa in privato.*

– *Ma ci vuole cenare!* répliqua Adelina Carboni.

– Oui, c'est l'heure du souper. J'ai seulement quelques questions à vous poser, ce ne sera pas long.

– Moi, je vous laisse, intervint Yvonne Talbot. Vous pourrez vous installer dans les fauteuils à côté. Bonne chance !

– Merci, dit Cavoure.

Peut-être son intervention fut-elle heureuse, car Mme Carboni, qui se préparait à faire des caprices de vieille dame, se ravisa. Elle se tourna vers sa compagne et lui dit de la précéder, elle la rejoindrait bientôt.

La compagne de Mme Carboni s'éloigna avec un air de belette blessée. La Carboni avait le tour de se faire obéir, songea Cavoure. Jusqu'ici, il avait eu soin de choisir ses mots, de n'utiliser que des formules faciles. Continuer ainsi, ne pas l'oublier. La confiance de Mme Carboni dépendait en bonne partie du sentiment qu'elle aurait d'être comprise. Pour cela, lui-même devait d'abord se faire comprendre.

– Venez, dit-elle.

Ouf ! elle venait de prononcer un mot en français ! Cavoure la laissa s'asseoir et placer sa jupe. Il vit, à un mouvement de sa tête, que Mme Carboni portait une prothèse auditive à l'oreille droite. Au moins, il était assis du bon côté. Puis il lui fallut entrer dans le vif du sujet. Les préliminaires avaient été étonnamment faciles. Comment aborder maintenant l'histoire d'Isabella, et apprendre à Mme Carboni que sa fille « avait vécu », comme disait Chénier ?

– Vous êtes parente avec Donato Carboni ? demanda-t-il à tout hasard, pour faire du bruit avec sa bouche.

– *Conosce Donato ?*

Cavoure se reprocha aussitôt son entrée en matière, il n'aurait pu être plus gauche. La vieille dame avait froncé les sourcils. Graziella l'avait pourtant prévenu que sa tante et son père n'étaient pas dans la meilleure intelligence. Il n'est pas toujours sage de commencer par le début.

– Non, je lui ai parlé au téléphone. J'ai aussi parlé à votre nièce Graziella. Une femme très sympathique, qui vous aime beaucoup.

– Elle vient souvent. Elle est très occupée et elle vient me voir !

– *Bravo !* lança Cavoure.

– *Brava !* rectifia aussitôt Adelina Carboni. *È femminile per una donna.*

– *Si, brava. Grazie.*

Ainsi, la vieille Carboni n'était nullement malade de la tête et elle ne parlait pas que le calabrais. Cavoure sentit néanmoins qu'elle gardait ses distances ; elle attendait d'en savoir davantage, l'italien étant plus un écran qu'autre chose. Il arrivait jusqu'ici à la suivre. Yvonne Talbot, qui probablement ne parlait pas plus l'italien que le kirghiz, ne connaissait sans doute pas l'entière vérité sur les compétences linguistiques de Mme Carboni, et Graziella Carboni avait exagéré au même sujet. Pour quelles raisons Donato ainsi que sa fille l'avaient trompé, il le saurait peut-être un jour. Il poserait sûrement la question à Graziella s'il devait la revoir. Pour l'instant, il avait une triste nouvelle pour Adelina Carboni. Il devait lui apprendre que sa fille qu'elle n'avait pas vue depuis près de trente ans était morte et il ignorait totalement quelle serait sa réaction. Serait-elle attristée, percluse de remords, outrée qu'il ose prononcer son nom en sa présence ? Impossible de retarder, elle avait faim, et Dieu sait que l'heure des repas est sacrée pour les vieilles personnes !

– Graziella et moi, nous avons parlé de votre fille Isabella, dit-il. Vous n'avez pas vu Isabella depuis longtemps…

Le visage de Mme Carboni s'altéra.

– *Isabella? Conosce anche Isabella?*

Sa question n'avait rien de méchant. Au contraire, elle était bouleversée d'entendre le nom de sa fille… et vivement désireuse d'apprendre qu'elle se portait bien, à en juger par l'éclair qui alluma soudain ses prunelles.

– Non, je ne connais pas Isabella, mais je suis venu vous parler d'elle. Il y a de la joie et il y a de la peine dans ce que je dois vous dire. Je suis enquêteur. Je ne travaille pas pour la police, je mène des enquêtes privées.

– *La polizia? Che è successo a Isabella? Dicammi !*

– *Piano, signora Carboni !* Je ne suis *pas* de la police, je vous en prie, écoutez-moi. *Sono un investigatore privato.* Je voudrais vous parler d'Isabella.

– Isabella… Je parle français pour vous. Elle a quarante-neuf ans presque. *In ottobre…*

De toute évidence, Cavoure ne serait pas souffleté parce qu'il avait mentionné le nom d'Isabella Carboni.

– Madame Carboni, je vous apporte de mauvaises nouvelles. Votre fille Isabella ne se porte pas bien. *Non sta bene.* Elle vivait en Italie, vous le savez. Il lui est arrivé un malheur en Italie.

– Un malheur ! *Che vuol' dire ?*

Comment se fait-il, se demanda Cavoure, que ce soit moi qui lui annonce la mort de sa fille ? Ce devrait être un membre de la famille, la police… J'aurais dû insister pour que Graziella Carboni m'accompagne, au moins qu'elle s'en occupe avant que je vienne, ce n'est pas à moi de faire ça, sacoche !

Sans compter qu'il était fort étonnant, songea-t-il encore, que pendant tous ces mois, personne, pas un ami commun, pas même une connaissance, n'ait averti les Carboni du décès d'Isabella. Quand Isabella Carboni avait coupé les ponts, elle n'y était pas allée de main morte, fallait-il croire. Une nouvelle question surgit dans son esprit : de qui Isabella Carboni avait-elle voulu protéger sa fille (si tel avait été son dessein) en lui interdisant de rechercher son père ? De Gianni Sandrelli, de la mafia ou de sa propre famille ? Soudain, Cavoure se sentit moins confiant.

– Isabella a eu un accident grave, dit-il enfin, un accident de la route. Un accident très grave. Elle a perdu la vie, elle est morte.

– *Isabella è morta ! Isabella, mia figlia ! No ! No !*

Cavoure ne serait pas souffleté, mais il aurait peut-être mieux valu : comment se sortir de la crise de larmes d'une vieille dame italienne qui apprend la mort de sa fille ? Au moins, Adelina

Carboni, à voir sa réaction, avait momentanément perdu l'appétit et l'urgence d'aller souper pesait moins sur leur entretien. Ils pourraient continuer dans leur mélange de français et d'italien, et Cavoure devait maintenant trouver un moyen de glisser dans la conversation l'existence d'une petite-fille, Myriam Sarfati, qui désirait renouer les liens avec sa vraie famille et lui rendrait visite. La fille d'Isabella désirait la voir, voilà son point d'appui. Il ignorait si Myriam visiterait souvent sa grand-mère, il ne lui revenait pas de prendre de telles décisions, il dirait qu'elle en avait l'intention. Alain, tu es sans cœur ! Tu ne travailles pas pour la police et c'est tout comme ! Il sortit un petit paquet de mouchoirs qu'il avait glissé dans sa poche avant de partir et le lui tendit.

– *Signora Carboni, per favore, signora Carboni,* calmez-vous. Je ne vous ai pas tout dit au sujet d'Isabella. J'ai aussi une bonne nouvelle.

– *Isabella è morta !* dit Adelina entre ses sanglots.

– Attendez, je vous en prie. Écoutez, je n'ai pas fini.

Elle sanglota encore, mais s'épongea les yeux. Sa curiosité montait dans le thermomètre. Était-ce une curiosité maternelle, italienne ou de la femme Adelina Carboni, elle leva vers lui ses yeux mouillés, ses sanglots s'apaisèrent. Cavoure voyait que la mort de sa fille l'affectait au plus haut point. Qui donc avait pris la décision d'exclure Isabella de la famille, la mère ou les hommes, frères, oncles et père réunis ? Il ne fut plus sûr de rien.

– J'ai jamais voulu qu'elle parte, dit Adelina Carboni d'une voix étouffée, comme pour répondre à ses questions. *Mio marito, mio marito è stato crudele,* trop crouel.

– Je comprends, dit Cavoure. J'ai autre chose à vous dire. Isabella a eu une fille à Montréal, il y a longtemps. Vous vous rappelez ?

– *Oh si, mi richiamo !*

Et Mme Carboni fut sur le point d'éclater de nouveau en sanglots.

– La fille d'Isabella est vivante, madame Carboni ! Elle est ici à Montréal, elle voudrait vous revoir, elle voudrait connaître sa grand-mère. Elle s'appelle Myriam, elle a vingt-huit ans et elle voudrait vous rendre visite.

– *Miriam ! Perché si chiama Miriam ?* C'est pas italien.

– Je ne sais pas pourquoi elle s'appelle Myriam. C'est une jeune femme très gentille et elle aimerait vous connaître. Elle est votre petite-fille, la fille d'Isabella. *Vostra nipotina !*

Cavoure voulait éviter d'entrer dans les détails de l'adoption et il soupçonna soudain Adelina Carboni d'être antisémite – et il comprit qu'il venait peut-être sans le vouloir de faire un jeu de mots en disant qu'elle était « gentille ». S'il fallait que de tels sentiments viennent annuler le bout de chemin qu'il avait pu parcourir…

– Chez nous, y a pas de Miriam. *Mirella, Milena... Neh! È ebrea!*

Il n'était pas encore temps d'appeler Myriam Sarfati par son nom de famille.

– Myriam n'est pas juive, vous le savez bien, dit Cavoure, prêt à tenter le grand coup. Elle est la fille d'Isabella Carboni et de Gianni Sandrelli.

– ...

– Vous vous souvenez de Gianni Sandrelli ?

– *L'ingrato! Il criminale! La carogna!*

Adelina Carboni avait momentanément oublié son *francese*, mais ses invectives se comprenaient sans mal. Il n'y avait plus de tristesse dans ses yeux, seulement du mépris, une « sainte colère ». Et Cavoure venait d'obtenir la confirmation qu'il attendait : Sandrelli était le père de Myriam. Il contint avec peine sa satisfaction.

– Pourquoi dites-vous cela ? Parlez en français, je vous en prie.

– Parce qué il a fait un enfant à ma Isabella et il n'a jamais voulu le... *riconoscerlo*. Isabella était folle d'amour pour Gianni et il a pas voulu la marier.

D'après Graziella, se rappela Cavoure, le père d'Isabella s'était objecté au mariage. Qui disait la vérité ? Il aurait dû mettre un grain de sel dans son vin à la Fornarina...

– Elle vous l'a dit ? Isabella vous a dit que le père de son enfant était Gianni Sandrelli ?

– Oui, elle l'a dit. *Dopo il parto*.

– Après son départ ?

– *No, il parto. Dopo la nascita,* après…

– Après la naissance, après l'accouchement ?

– Après l'accouchement, confirma Adelina. Quand elle est revenue, elle l'a dit. Le père était Gianni Sandrelli.

– Qu'est-ce qui est arrivé ensuite ?

– *La povera !* Mon mari a pas voulu qu'elle reste avec nous. Mon mari et les hommes… *il disonore, lo scorno…*

– Le déshonneur, la honte.

– *Si,* la honte. Je l'ai pas défendue, elle est partie. À cause des hommes ! Les hommes sont crouels ! Isabella avait fait *un errore,* ils voulaient pas pardonner. Je voulais pas qu'elle épouse Gianni Sandrelli, *la famiglia Sandrelli erà…* était la mafia, Isabella avait besoin de moi. Je l'ai pas aidée… *La vera disgrazia, eccola !*

Elle venait de dire que Gianni Sandrelli avait refusé de reconnaître sa paternité et de se marier avec Isabella, mais il semblait plutôt, comme Graziella l'avait affirmé, que les hommes de la famille (et Adelina Carboni elle-même) avaient refusé de donner leur fille à un mafieux. Nuance…

– Madame Carboni, je vous en prie, dit Cavoure en parlant lentement, ne soyez pas trop dure envers vous-même. Je vais récapituler… je vais raconter l'histoire et vous me direz si j'ai compris. Isabella a donné son enfant en adoption, elle est revenue à la maison et elle vous a dit que le père était Gianni Sandrelli. Il ne voulait pas l'épouser. Les hommes de votre famille ont obligé Isabella à quitter la maison à cause du déshonneur. Vous n'étiez pas d'accord avec leur décision.

– *No, mai !*

– Est-ce qu'Isabella vous a parlé après ? Après son départ de la maison, avez-vous revu Isabella ?

– Deux fois. *Solo due volte.*

– Est-ce qu'elle vous a dit pourquoi Gianni Sandrelli ne voulait pas l'épouser ?

– Isabella a dit que Gianni Sandrelli avait fait une chose grave, il pouvait pas l'épouser. Il s'est mis avec une autre femme. Elle est partie, Isabella. *Mi ha rimproverato la mia debolezza ed è sparita ! Oggi, è morta...*

– *Scusammi, non ho capito.*

– *Mi ha biasimato. Sono stata debole, non l'ho difesa.*

– Elle vous a reproché votre faiblesse, elle vous a blâmée de l'avoir abandonnée ?

– Oui. Ses paroles m'ont brisé le cœur.

– Madame Carboni, vous devez aller manger. N'oubliez pas ceci. Isabella a eu un accident, c'est un grand malheur, mais vous allez pouvoir connaître la fille d'Isabella, votre petite-fille Myriam. Vous voulez qu'elle vienne vous voir ?

– *Parla italiano, questa Miriam ?*

– Je ne pense pas.

– Alors je lui montre. J'ai rien à faire ici, je lui enseigne la langue de sa famille.

– *Brava !*

– *Si, brava. Bravo !*

Mme Carboni se leva péniblement. Elle avait perdu de son aplomb durant la conversation, mais elle n'avait pas été démolie, contrairement à ce qu'il avait redouté. Au fil de l'entretien, elle avait fait des efforts pour parler français – et il avait hâte de reparler à Graziella Carboni, uniquement pour lui en faire l'observation et voir sa réaction.

– *Aspetti !* dit Mme Carboni. Je peux pas manger, mais il faut aller, parce qué mes amies vont demander des questions. Personne ici connaît la vie d'Isabella.

Elle enleva ses lunettes, se passa un mouchoir une dernière fois sur les yeux, se pinça les joues, se tourna vers lui et fit un sourire forcé.

– *Va bene così ?* demanda-t-elle.

– *Va molto bene,* vous êtes parfaite. Et je vous promets, notre conversation restera secrète. Je vous raccompagne. Je vais aller parler à une autre femme, Blanche Gagnon. Elle est ma tante, *mia zia.* Je ne vais pas lui dire un mot de notre conversation, promis. On y va ?

Mme Carboni s'appuya à son bras et ils firent ainsi leur entrée dans la salle. Elle lui indiqua sa table. Sa compagne, qui achevait de manger, lui adressa un regard plein de reproche et fixa Cavoure d'un air peu amène. Cavoure aida Mme Carboni à prendre place, lui tapota la main et s'éclipsa, se gardant de mentionner leur entretien avant de la quitter. Il dit simplement : « *Tante grazie.* Je reviendrai vous voir. » Il crut percevoir dans son dernier regard une note de gratitude.

Sa grand-tante ne fut pas moins alarmée que la compagne de Mme Carboni. Elle voulut aussitôt savoir, avant même de lui parler de son état de santé, sans cesse préoccupant à l'entendre (elle avait probablement raison, à quatre-vingt-trois ans), ce qu'il faisait avec Adelina Carboni, une vieille malcommode qui ne parlait pas français, mais qui se mêlait de donner des ordres d'un ton supérieur et regardait tout le monde de travers. Ainsi, Adelina Carboni avait une réputation à la résidence. Cavoure dut se mordre la langue pour s'empêcher de dire qu'Adelina Carboni parlait très bien français quand elle s'en donnait la peine. Elle tenait peut-être à garder le secret, pour des raisons qui lui appartenaient – quoique, songea-t-il, si elle « donnait des ordres », elle devait arriver à se faire comprendre… Il expliqua simplement qu'il avait rencontré Mme Carboni parce que son fils avait des démêlés avec l'administration municipale, il inventa sur-le-champ des problèmes de cadastre qui exigeaient l'avis de Mme Carboni. Le prétexte était peu subtil. À quatre-vingt-trois ans, tante Blanche n'était plus en mesure de mettre sa parole en doute.

– Et la santé ?

Curieusement, tante Blanche affirma qu'elle se portait mieux. Cavoure ne lui avait pas rendu visite depuis quelques mois. Elle voyait un nouveau médecin, un jeune, bel homme et toujours de bonne humeur, elle était passée de neuf pilules par jour à cinq, elle dormait mieux et avait plus d'appétit, et elle s'était fait une nouvelle amie qu'elle lui présenta, Mme Fleurette Vadeboncœur.

– Je dois y aller, dit Cavoure après quelques instants, je reviendrai. Continuez à vous porter bien. Au revoir, madame, ajouta-t-il en s'inclinant vers Mme Vadeboncœur. Ma tante Blanche a ses caprices, mais elle a bon cœur comme vous !

– Depuis quand est-ce que je suis capricieuse ? !

– Je vous agace. C'est vrai qu'elle a bon cœur.

Il fit un gros clin d'œil aux deux femmes et se leva.

– Si tu reviens voir l'Italienne, tu passeras faire un tour, lui rappela sa tante. Je ne suis pas sorteuse.

– Promis. Dès que j'en aurai la chance.

– La chance, mon Alain… nous autres on peut partir vite, attends pas trop. Dis bonjour à ta femme, comment elle s'appelle…

– Marianne.

– Marianne. Tu l'emmèneras, elle est tellement fine !

Cavoure repassa non loin de la table d'Adelina Carboni en quittant la salle à manger. Sa compagne lui parlait, Adelina avait le visage triste et ne mangeait rien. Il lui fit un signe de la main.

En se dirigeant vers sa voiture, Cavoure songea que le véritable âge ingrat n'était pas l'adolescence, mais la vieillesse. On parle de l'outrage des ans. Pouah ! l'outrage, on s'en accommode, mais la disgrâce ! Comment serai-je quand je serai vieux ? Il éprouva un sentiment de malaise.

Dix-huit

— Pourquoi tu ne descends pas travailler ? Chaque fois que je veux regarder la télévision, tu t'installes devant !

— Voyons, Myriam, je ne regarde jamais la télé avant neuf heures du soir ! Je veux juste écouter Lucien Bouchard, ça va prendre quelques minutes.

— Tu dis ça, après il y a les questions, les commentaires, ça n'en finit plus.

— Non, j'écoute la conférence de presse et je descends, promis.

— Il est à moi, le téléviseur, je l'ai payé avec mon argent ! C'est à moi de décider.

— C'est parfaitement vrai. Moi j'ai acheté la télécommande, avec mon argent, parce que tu as échappé l'autre. Regarde.

Félix écrasa la télécommande sur un genou, la cassant en deux. Des éclats de plastique volèrent dans la pièce.

— Le téléviseur t'appartient totalement, dit-il, se levant et jetant les restes sur le divan. Je sais que tu n'es pas bien, mais des fois tu délires ! J'aime mieux casser du plastique que de faire des choses que je regretterais. Je retourne travailler. Peut-être justement que j'aurais dû aller casser une planche en bas à la place, je m'excuse.

Sur ce, le téléphone sonna. C'était Cavoure. Félix passa le combiné à Myriam et descendit. Myriam écouta en faisant tourner dans sa main un moignon de télécommande. Félix était parti à l'atelier, furieux, elle aurait tant voulu qu'il soit à son côté.

La rencontre avec Mme Carboni s'était bien déroulée, dit Cavoure, il avait des pistes, il était confiant de pouvoir retrouver son père. Myriam, refoulant ses sanglots, émit un grognement et le laissa parler. Il souhaitait la rencontrer. Malheureusement, dit-elle pour se donner le temps de se remettre, elle ne pourrait le voir qu'en fin d'après-midi. Parfait, dit-il. Il avait plus ou moins déniché l'homme qu'elle recherchait, mais il avait quelques détails à vérifier et il était fort possible qu'il ait des renseignements plus précis un peu plus tard. En fin d'après-midi, donc, vers quatre heures ? Entendu.

Myriam raccrocha et fondit en larmes.

Cavoure fut enchanté des quelques heures que Myriam lui laissait. Il pourrait tenter de retrouver la trace de Gianni Sandrelli et, si possible, de connaître un peu mieux le personnage. Lui aussi voulait savoir et il ne tenait pas à « bâcler » l'enquête, comme certain policier s'était vanté de l'avoir vite fait, bien fait dans une télésérie récente. Depuis longtemps déjà, beaucoup d'auteurs à la télé voyaient les dictionnaires et les grammaires comme une technologie désuète.

Cette histoire l'attirait plus que de coutume. Sa cliente était une bonne personne. Elle était visiblement troublée. Il pourrait la rassurer, lui apprendre quelque chose qui apaiserait son inquiétude. Était-ce sain ou dangereux ? Aussi bien poursuivre pour le savoir. Sans compter qu'il se mesurait à des criminels sans vraiment se mettre en danger, il n'était pas en cause, il ne fourrageait pas dans leurs affaires. Il avait longtemps rêvé d'une telle enquête, délicate et instructive, excitante en même temps que peu risquée. Il devrait néanmoins se méfier des sortilèges qu'elle jetterait sur sa route.

Jusque-là, il avait un nom. Pas d'adresse, pas de métier, uniquement des témoignages donnés lors d'enquêtes ou de procès, des mentions dans des articles de journaux. À certains moments critiques, enseignait Descartes depuis la Hollande, il faut douter de tout, même de sa propre existence (et grâce à Dieu, ou à l'idée de Dieu qui est en nous, on revient vite sur le plancher des vaches, surtout dans les Pays-Bas – plus grand exportateur mondial de produits laitiers – où de tout côté il s'étend à l'infini comme Dieu lui-même). Ainsi, Cavoure s'apprêtait à révéler à Myriam Sarfati que, d'après les journaux qui l'avaient répété d'année en année, de commission d'enquête en procès, son père naturel était ou avait été une figure importante du crime organisé. « Ouï-dire »,

aurait tranché Descartes. Il ne serait donc nullement contre-indiqué de présenter quelques faits et
vérités pour étayer ses doutes et ses méditations.
Ensuite, Myriam Sarfati, fille d'un spinoziste,
jugerait si elle avait vraiment une âme et un corps
et ferait des renseignements fournis ce qu'elle
voudrait bien.

Cavoure se sentait encouragé, plutôt fier du
chemin parcouru en si peu de temps dans une
enquête normalement vouée à l'échec. Certes,
l'identité de son père risquait d'être pour sa
cliente une nouvelle d'un bonheur discutable. Il
avait cependant retrouvé une grand-mère vivante,
laquelle serait sûrement enchantée de faire la
connaissance d'une petite-fille qu'elle n'avait
jamais vue, et ce, malgré son prénom biblique,
ainsi qu'une parente charmante en la personne de
Graziella Carboni. Il avait hâte de raconter son
entretien avec Adelina Carboni à sa cliente, de
voir sa réaction. Quand il avait exposé à Myriam
Sarfati les difficultés de l'enquête, il ignorait que la
chance viendrait suppléer au manque de moyens.
Les progrès s'étaient enchaînés avec une complicité remarquable. Les quelques heures qu'elle
lui laissait lui permettraient de se rapprocher du
but – et de mieux la mettre en garde éventuellement contre les pièges ou dangers des décisions
qu'elle devrait prendre. Si Gianni Sandrelli était
le père de Myriam Sarfati, elle pourrait choisir de
s'en tenir loin ou de retarder une première rencontre. Heureusement, les dilemmes de sa cliente

n'étaient pas les siens, il se contenterait de faire son travail de son mieux, jusqu'au bout.

Aucun Gianni Sandrelli dans l'annuaire téléphonique. C'était prévisible : un chef mafieux n'annonce pas le lieu de sa résidence. La règle connaissait ses exceptions, des parrains avides de célébrité que la vanité avait conduits sous terre ou derrière les barreaux – Joseph Colombo, abattu lors d'une fête italienne parce que, ayant confondu mafia et relations publiques, il se pavanait si volontiers devant les photographes que les autres familles avaient eu peur de l'attention qu'il attirait, ou John Gotti le mondain, toujours tiré à quatre épingles, qui avait confondu New York avec Hollywood. Sandrelli ne souffrait pas de la même enflure, il cherchait à protéger sa femme, ses enfants, sa propriété, il vivait dans l'ombre.

Il relut les articles de journaux consultés sur microfilm et imprimés ainsi que ses notes prises à la bibliothèque. Il établit et imprima une liste ordonnée des établissements commerciaux et entreprises qui y figuraient.

- **Sandrelli Construction Ltd. :** 3 mentions (1971, 1975, 1984), propriété de Gabriele Sandrelli
- **Etna Pizzeria :** 3 mentions (1973, 1974, 1982), propriété de Gabriele Sandrelli 1 mention de Michele Sandrelli, gérant (1982)

- **Messina Cement Inc. :** 2 mentions (1975, 1975), propriété de Gabriele Sandrelli
  Gabriele Sandrelli, président

- **Armerina Apartments Ltd. :** 1 mention (1975), propriété de Camilla Sandrelli
  Gabriele Sandrelli, président

- **Fornaio Catania :** 2 mentions (1975, 1976), propriété de Gabriele Sandrelli
  Michele Sandrelli, chef des opérations

- **Sandrelli Paving Ltd. :** 2 mentions (1976, 1979), propriété de Gabriele Sandrelli
  Gabriele Sandrelli, président

- **Caffé Monreale :** 1 mention (1977), propriété de Sandra Sandrelli
  Michele Sandrelli, gérant

- **Vulcano Linen Ltd. :** 1 mention (1977), propriété de Sandra Sandrelli
  Michele Sandrelli, gérant

- **Ristorante Casa Reggina :** 1 mention (1979), propriété de Gabriele Sandrelli
  géré par ?

- **Restaurant Il Palio :** 1 mention (1986), propriété de Gianni Sandrelli

Il fallait s'y attendre. Les Sandrelli étaient (du moins officiellement, durant les années soixante-dix et quatre-vingt) dans la restauration, l'alimentation, l'immobilier, la construction, la buanderie, secteurs qui se prêtaient bien aux magouilles. L'atlas révéla que la famille était fière de ses origines. Messina, Etna, Monreale, Vulcano, Armerina, Catania : en moins de deux, Cavoure retrouva tous ces noms en Sicile sur la carte de l'Italie. Reggio était en Calabre juste en face, de l'autre côté du détroit de Messine.

Les articles remontaient pour la plupart à une quinzaine d'années ou plus. Les affaires et les manières avaient sans doute changé depuis, comme les fortunes de la famille, et on pouvait compter que les Sandrelli possédaient aujourd'hui d'importants intérêts dans de grandes sociétés, de Bombardier à Nortel ou Nestlé en passant par Quebecor, Weston, Microsoft et les banques. Cela ne donnait pas d'adresses.

Cavoure consulta les annuaires et le service 411 sur Internet. Aucune trace d'un Fornaio Catania ou d'une Boulangerie Catania. Le Caffé Monreale également avait disparu. La Pizzeria Etna avait toujours pignon sur rue, au 552 Jean-Talon, non loin de l'ancien Reggio Bar de feu Paolo Violi, et de la Pizzeria Napoletana, véritable et vénérable institution de Montréal, comparable au Schwarz du boulevard Saint-Laurent. Je devrais y emmener Marianne bientôt, se dit Cavoure, elle adore la pizzeria de la rue Dante. Messina Cement et Sandrelli Paving avaient disparu, mais Constructions Sandrelli inc. (Les) avaient fait leur apparition. On pouvait penser qu'en un quart de siècle, certains commerces avaient changé de mains, sans compter que la loi 101 avait pu provoquer plus d'un changement de nom dans les entreprises de la famille. Cavoure ne trouva aucune inscription pour Vulcano Linen. Le restaurant Casa Reggina existait encore, à la même adresse. Les appartements Armerina avaient rendu l'âme. Il trouva une inscription (et une annonce d'un seizième de page) du restaurant Il Palio dans les pages jaunes.

Dix-neuf

Un homme sortit du Casa Reggina. De sa voiture, Cavoure le vit s'arrêter sur le pas de la porte et dire un dernier mot à quelqu'un à l'intérieur. Il était dans la cinquantaine, très élégant. Un autre homme sortit d'une Mercedes grise et scruta les environs. L'homme élégant prit place au volant, l'autre monta à son tour. Le garde du corps, de toute évidence, qui cachait sûrement un pétard sous l'aisselle. Cavoure s'empara de ses jumelles et les fixa sur la voiture qui démarrait. Une S500. Cent dix, cent quinze mille dollars pour une bagnole, plus les taxes ! Honteux ! Chanceux ! Cavoure nota le numéro de la plaque de la Mercedes qui s'éloignait.

Il venait probablement de voir (et de manquer d'une minute) Sandrelli en personne. Cavoure glissa des pièces dans le parcomètre et entra dans le restaurant. Il se dirigea vers le bar, derrière lequel se tenait un jeune homme très beau, très italien.

– Bonjour. Je suis Alain Cavoure, je voudrais parler à M. Gianni Sandrelli s'il vous plaît.

– Vous l'avez juste manqué, il vient de partir.

– Zut ! Il est le gérant du restaurant ?

– Non, le propriétaire. Pourquoi ?

– Je veux seulement m'entretenir avec M. Sandrelli… Écoutez, je reviendrai. Dites-lui qu'Alain Cavoure aimerait lui parler le plus rapidement possible. Je vous laisse mon numéro de cellulaire, ajouta-t-il en prenant une carte du restaurant.

– Je lui ferai le message. À quel sujet ?

– Personnel. Je repasserai. Il est propriétaire depuis longtemps ? demanda-t-il en écrivant.

– Depuis toujours.

– Pas du tout ! En 1970, le Casa Reggina appartenait à Gabriele Sandrelli.

– Je ne sais pas si vous êtes au courant, l'an 2000 approche, on en parle à la télé ! Vous êtes qui encore ?

– Alain Cavoure. Voici mon nom, mon numéro, dit-il en lui tendant la carte (et jugeant inutile de reprocher son insolence à un blanc-bec du clan Sandrelli). Savez-vous où M. Sandrelli est allé, il a d'autres commerces où je pourrais le rejoindre ? C'est assez urgent.

– *Allora, è urgente o no?*

Maudite affaire de s'appeler Cavoure en parlant à des Italiens ! N'aurait-il pu s'appeler Côté ou Tremblay comme tout le monde ?

– Je ne parle pas italien. Urgent, d'abord.

– Je ne sais pas où il est allé. Vous voulez laisser un message ?

– Non. Ou plutôt si. Dites-lui que je veux lui parler de quelque chose qui est arrivé il y a une trentaine d'années, quand son père était le propriétaire, ajouta Cavoure avec un sourire. Ça devrait lui rappeler des souvenirs. Merci.

Cavoure sortit et se dirigea vers sa voiture. Au moment où il ouvrit la portière, il comprit son erreur. L'homme à qui il venait de parler accourait vers lui. Il lui tendit à son tour une carte.

– Voici, j'ai écrit un autre numéro de téléphone où vous pouvez appeler. On ne sait jamais.

– Merci.

Cavoure vit le coup d'œil que l'homme jeta sur sa plaque avant de reprendre la direction du restaurant. Une négligence que normalement il aurait évitée. Il s'était garé trop près. Évidemment, on n'a pas toujours le choix des places, malgré tout il aurait dû prévoir, sachant à qui il avait affaire. À tout le moins, il n'aurait pas dû regagner directement sa voiture. Par paresse, par « étourdissement », comme il venait d'entendre à la radio d'un commentateur sportif parlant des gaffes de Frentzen, le pilote de F1, il avait été imprudent. Gianni Sandrelli n'était pas un gérant de boutique qui trompait sa femme avec une jolie vendeuse, il était… Quoi qu'il fût, il devait avoir moins de scrupules que la plupart des gérants de boutique et autres mortels. Le blanc-bec avait noté le numéro de sa plaque. Gianni Sandrelli saurait vite qu'un enquêteur privé fouinait, posait des questions à son sujet. La Société de l'assurance automobile assure la confidentialité de ses bases de données, mais il ne faut pas croire un instant que le crime organisé n'y fait pas des incursions instructives, humant çà et là d'odorants secrets. Cavoure aurait dû se présenter sous une fausse identité, se garer plus loin. En fait, le stratagème de la fausse identité n'aurait pas été mauvais. Trop tard… La sortie du barman dans la rue risquait de lui compliquer la vie, Cavoure en était conscient. Il n'était pas fier non plus de sa conversation avec l'employé, sa méthode puait l'improvisation. L'allusion au passé, pour rétorquer à l'effronterie du blanc bec, était une erreur. En 1970, la famille Sandrelli faisait les manchettes d'*Allô Police*. Que venait-il d'inviter Sandrelli à soupçonner ? Il avait été fait dans les grandes coutures par un barman – à qui il n'avait pas demandé son nom. Alain, tu viens de baisser dans mon estime !

En fait, comprit-il en mettant la clef dans le contact de son « bolide » d'étourdi, il en faisait trop – et il s'était cassé les dents, comme lorsqu'il réfléchissait avant un coup au tennis, c'était inévitable. Contre toute attente, il avait retrouvé le père de Myriam Sarfati en un temps record et ses premiers succès l'avaient grisé, il voulait en remettre. Or, il n'avait pas à enquêter sur les activités de Gianni Sandrelli. Il avait plus ou moins cerné le genre d'homme, il connaissait ses activités, savait tout ce qu'il fallait pour conclure qu'il avait autrefois trempé dans des affaires louches et que son code moral pouvait s'écarter de celui du « bon père de famille ». Il aurait pu parfaitement le dire à Myriam Sarfati et lui laisser le soin d'entrer en communication avec Sandrelli. Maintenant, il était trop tard pour rebrousser chemin, il s'était mouillé. En vérité, il était trempé.

Une minute plus tôt et il aurait attrapé Sandrelli au resto… De quoi courir chez un bijoutier acheter une montre garantie contre les croche-pieds du temps !

Cavoure repensa sa stratégie. Sandrelli serait bientôt au courant de ses recherches : autant prendre les devants. Il chercherait à le rencontrer pour lui expliquer sa mission. Myriam Sarfati et Gianni Sandrelli prendraient ensuite le relais, ils s'entendraient entre eux. Il avait conscience, en se faisant ces réflexions, de chercher à s'éviter des ennuis autant qu'à rendre service à sa cliente. Il arrêta la voiture et appela le service d'identification des numéros. Le numéro que le serveur avait griffonné à l'endos de la carte du restaurant était celui des Appartements Casa Bella. Appartements… Il attrapa l'annuaire télé-phonique qu'il transportait toujours sous son siège : les Appartements Casa Bella étaient situés à l'adresse des défunts Armerina Apartments. Tiens, tiens. L'immeuble avait changé de nom, mais il était resté dans la famille. Le propriétaire s'était vraiment fendu la cervelle pour trouver un nouveau nom original. Entre Pizza Buona et Casa Bella, la différence était mince, du « cachet » italien de pacotille.

Il composa le numéro. Un homme répondit. Cavoure demanda à parler à M. Gianni Sandrelli.

– C'est quoi votre nom ?

Il est là ! Cavoure eut un moment d'hésitation.

– Alain Cavoure.

– Il est pas ici.

– Vous êtes sûr ? On vient de me dire au Casa Reggina qu'il se rendait chez vous. À qui ai-je le plaisir de parler ?

– Il est pas ici.

– Je vous laisse mon numéro de téléphone. Dites-lui qu'il est important que je lui parle. Je peux savoir à qui je m'adresse ?

– Je lui dis que vous avez appelé, je vas faire le message. Votre nom ?

– Alain Cavoure. C-a-v-o-u-r-e. M. Gianni Sandrelli est bien le propriétaire des Appartements Casa Bella ?

– Qui a dit ça ?

– Ça n'a pas d'importance. J'attends son appel. Merci.

Il raccrocha.

Merci de quoi ?

Cavoure estima que si Sandrelli n'avait pas été propriétaire de l'immeuble, le type n'aurait pas hésité à le dire, tant était évidente sa volonté de le contrarier. Calcul qui valait ce que valent les intuitions – quoique, aujourd'hui, pour le flair et les intuitions… Le téléphone sonna. Il répondit. Silence à l'autre bout. Il insista : « Allô, je vous écoute. » Rien. Il répéta son invitation à parler et entendit un faible bruit, une voix qui approchait. Une respiration dans le combiné, puis on raccrocha.

Il fallait le quotient intellectuel d'une cigarette pour comprendre que l'homme à qui il venait de parler avait composé son numéro. Pour vérifier Dieu sait quoi. Il ne donnait jamais son numéro de cellulaire aux clients et il ne prononçait jamais « Agence Motus » en répondant au cellulaire. Il tapa aussitôt *69 sur le clavier. Un enregistrement lui apprit que le dernier appel ne pouvait être retracé. Ainsi, le concierge de l'immeuble avait lui aussi utilisé un cellulaire. Peut-être, avant de rappeler, avait-il composé *69 comme lui, aussi vainement, avant de composer le numéro qu'il avait laissé. Quelqu'un était entré dans la pièce, avait prononcé des paroles et l'autre avait vite raccroché.

Que signifiait cet appel ? Avait-il encore commis une erreur lors de sa conversation avec le type de l'immeuble ? Probablement. Sandrelli aurait tôt fait de remonter de sa plaque d'immatriculation à un certain enquêteur Alain Cavoure qui se montrait insistant. Et quand il avait demandé si Gianni Sandrelli était propriétaire des Appartements Casa Bella, son interlocuteur avait pris un détour peu courtois pour éluder la question. Possibilités d'erreur… Quand même, il avait signifié en termes clairs son désir de parler à Gianni Sandrelli, ce qui n'était guère le souhait d'un ennemi, qu'il fût électricien, acuponcteur ou détective privé. Sandrelli ne perdrait pas les pédales pour un coup de téléphone ! Pourquoi l'employé avait-il rappelé ? La sécurité autour de Sandrelli devait être bien orchestrée. Et si cette deuxième voix avait été celle de Sandrelli ? Si Sandrelli lui-même avait répondu ?

Doucement, bonhomme ! Tout est possible et le délire t'attend au coin ! Avec des si on va à Paris, avec des mais on en revient et un billet aller-retour vaudra toujours mieux qu'un concours d'Air-Canada ! Au fond, si l'autre appelait pour vérifier le numéro, tant mieux, il aura reconnu ma voix. Sandrelli sait comment me joindre. Continuons le combat, et bientôt Marianne pourra avoir sa mappemonde à l'envers !

Il sortit la liste des propriétés de la famille. Il Palio, un bar. Pourquoi pas ? Il composa le numéro. Un répondeur lui demanda de laisser un message.

Il était treize heures. Si tôt en après-midi, les bars sont fermés. Gianni Sandrelli aurait pu s'y trouver, il n'y était pas. Ni apparemment aux Appartements Casa Bella. Il était ailleurs. Quelque part en train de mijoter un coup fumant, de frapper des balles sur un terrain de golf, de superviser un chantier des Constructions Sandrelli ? Le père Gabriele Sandrelli avait été président de Messina Cement et de Sandrelli Paving dans les années soixante-dix, entreprises vraisemblablement réunies sous un nouveau nom francisé. Il était envisageable que Gianni y occupe un poste quelconque. Cavoure composa le numéro.

– Sandrelli Construction, bonjour.

Sandrelli Construction prononcé en anglais, bonjour avec un accent.

– Je voudrais parler à M. Gianni Sandrelli s'il vous plaît.

– Je regrette, il est en réunion. Je peux prendre un message ?

La réceptionniste roulait les « r » à l'italienne. Tout considéré, son accent était plutôt charmant.

– Malheureusement, je dois m'absenter, je devrai rappeler. Jusqu'à quelle heure M. Sandrelli sera-t-il au bureau ?

– Voulez-vous parler à sa secrétaire ?

– Pas nécessaire. Normalement, il part à quelle heure ?

– Ça dépend des jours. Je peux prendre un message ?

– S'il vous plaît. Dites-lui qu'Alain Cavoure a appelé et que j'aimerais lui parler le plus tôt possible. Je vous laisse mon numéro.

Cavoure donna de nouveau son nom et le numéro de son cellulaire et raccrocha. Elle ne lui avait pas demandé d'épeler son nom, il manquerait un « e » final. Soyons magnanime. Voilà, il était revenu sur terre, Sandrelli était en réunion dans ses bureaux. La réceptionniste était sans doute une femme des plus correctes, honnête et bonne travaillante. Elle avait répondu en suivant les règles de son art, sans manifester de suspicion suspecte. Les Constructions Sandrelli étaient probablement l'une des entreprises plus légales de la famille. Cavoure décida de s'y rendre et de lui parler en personne, question de dissiper toute forme de malentendu. Il savait à qui il avait affaire et, vu sa mission et le temps dont il disposait avant sa rencontre avec Myriam, il n'avait nullement intérêt à se cacher plus longtemps. S'il pouvait dire un mot à Sandrelli – à l'abri ou non des oreilles des gardes du corps qui, il en était convaincu, devaient l'accompagner jusque chez son coiffeur (les salons de barbier ont tradition-nellement été néfastes aux mafieux) –, ses bévues pouvaient être réparées. Il ferait à Myriam Sarfati le compte rendu d'une conversation avec un père qui avait hâte de faire sa connaissance.

Les bureaux des Constructions Sandrelli étaient situés à Saint-Léonard – non loin, Cavoure le vit sur la carte, du parc Giuseppe-Garibaldi, d'abord le fer de lance avant d'être l'épine dans le pied du comte Camillo Benso Cavour, son illustre homonyme piémontais qui lui compliquait la vie depuis qu'il menait une enquête pour le compte d'une Sarfati !

Cette fois, il entrerait et demanderait à parler à Sandrelli. Il comptait sur sa bouille pour séduire Sandrelli, l'amener à s'intéresser à lui un moment. Il ne se faisait pas d'illusions, Gianni Sandrelli était sûrement dangereux, mais il demeurait un homme, il avait l'usage de la parole. Sa phrase d'introduction était toute prête : je suis Alain Cavoure, enquêteur privé, et je voudrais vous parler d'Isabella Carboni. Vous avez connu Isabella Carboni il y a une trentaine d'années. Ma cliente est votre fille naturelle. Quel homme ne voudrait s'arrêter, ne se montrerait curieux ?

Cavoure roula sur le boulevard Rosemont jusqu'à Langelier, tourna à gauche… et tomba sur une voie bloquée. Des camions de pompiers occupaient toute la rue, il vit des flammes sortir des fenêtres d'un immeuble, un épais nuage de fumée s'échappait du toit. Sacoche ! Il lui fallut une dizaine de minutes pour se faufiler jusqu'à une rue transversale. Il appuya sur l'accélérateur, revint au boulevard Langelier et, à partir de là, il se buta à des sens uniques ou à des îlots qui l'empêchaient de franchir une rue et l'obligeaient à repartir en rond. Trente minutes plus tard, il avisait un grand panneau, CONSTRUCTIONS SANDRELLI CONSTRUCTION. Il se gara juste à temps pour voir une Mercedes grise, *la* Mercedes, se diriger vers lui en sens inverse, Sandrelli au volant. Il klaxonna, fit signe de la main. Sandrelli ne le vit pas, il parlait au téléphone. Et les pompiers venant d'ouvrir une voie de contournement rue Jean-Talon, les voitures se mirent à défiler. Impossible de faire demi-tour et de se lancer à sa poursuite. De dépit, Cavoure donna un violent coup sur le volant.

Idée ! Il venait de voir Sandrelli au téléphone dans sa Mercedes !

Il rappela les Appartements Casa Bella. Le même type répondit et il lui demanda le numéro du cellulaire de Gianni Sandrelli. Rien à faire, le bonhomme refusa net.

– C'est urgent et important ! Il est dans sa voiture, je viens de le voir, il était au téléphone !

– J'ai transmis votre message, il vous rappellera.

– Eh bien, rappelez-le tout de suite, demandez-lui de me rappeler.

– Je vais essayer.

Clic !

Réponse aussi accorte au Casa Reggina. Et toujours pas de réponse au Palio.

La rage au cœur, Cavoure profita d'un feu rouge au bout de la rue, fit demi-tour (après avoir étudié la position des voitures de police non loin devant lui) et regagna son bureau. Il avait un dossier à mettre à jour avant de rencontrer Myriam Sarfati.

À un moment, son téléphone sonna. Encore une fois, long silence, alors que Cavoure entendait pourtant un bruit sourd, une sorte de souffle continu. Après une quinzaine de secondes, son « interlocuteur » raccrocha sans avoir prononcé un mot. C'était Sandrelli, ou son garde du corps, ou l'un de ses employés, pas de doute possible !

Au moins, le contact était établi.

Vingt

Myriam était nerveuse en arrivant à l'agence. Félix l'accompagnait.

Elle lui avait fait ses excuses. Félix lui avait rappelé, comme si souvent, qu'elle n'avait rien à se faire pardonner. Il pouvait vivre avec ses humeurs, même si pour une fois il avait pété les plombs (et la télécommande), et il s'excusa à son tour. « J'ai fait quelque chose de stupide. Heureusement, le travail du bois est thérapeutique, ajouta-t-il pour la rassurer. C'est oublié, n'en parlons plus. » Myriam lui était tombée dans les bras.

Cavoure était raisonnablement fier. Il avait commis des faux pas et ses dernières démarches, peu glorieuses, assombrissaient le bilan, mais il avait en gros accompli la mission que Myriam lui avait confiée. Lorsqu'il lui dit qu'il avait presque à coup sûr retrouvé son père, Myriam se retint pour ne pas pleurer. Félix posa la main sur son bras. Cavoure récapitula les étapes de ses recherches, les percées inattendues. Aujourd'hui, il pouvait affirmer sans trop craindre de se tromper que le père naturel de Myriam Sarfati était Gianni Sandrelli, deux sources fiables l'avaient confirmé.

– Je vous avais dit que le succès était douteux, mais la chance a été avec nous. Aujourd'hui vous avez la possibilité de connaître votre père. Tout est dans le rapport. Sauf que vous devez savoir une chose et je voudrais en discuter avec vous. Votre père exerce un métier… qui sort un peu de l'ordinaire, disons. Je pense qu'il fait partie du crime organisé, il a eu des démêlés avec la justice…

– Qu'entendez-vous par « crime organisé » ? demanda Félix.

– Je veux dire la mafia. Je ne parle pas de trafic de cigarettes avec les Mohawks, je vous parle d'une famille de la mafia ici à Montréal, liée aux grandes familles de New York. Le crime organisé comme dans le film *Le Parrain*, par exemple.

– Pourquoi est-ce qu'il n'est pas en prison ? demanda Myriam. Il n'est pas allé en prison, toujours ?…

– Non, il n'est jamais allé en prison. Son frère, oui, pour importation d'héroïne. Autrefois, les Sandrelli étaient associés à Paolo Violi et à la famille Cotroni.

– Paolo Violi… intervint Félix. Il a été tué à la sortie d'un cinéma, non ? Il venait de voir *Le Parrain*, le jour de la Saint-Valentin, une histoire du genre ?

– Pas exactement. C'est son avocat qui a été abattu devant un cinéma. Violi a été descendu en 1978 par la famille Rizzuto. Vous étiez trop jeunes, mais moi je me souviens d'avoir vu le cortège funèbre aux nouvelles à la télévision. Une trentaine de limousines chargées de fleurs, ça n'en finissait plus, en plein hiver. C'était impressionnant et ridicule en même temps. Pour revenir à la famille Sandrelli, Michele, celui qui a fait de la prison, il est disparu en 1995 et personne ne l'a jamais revu. Quant à votre père, Gianni Sandrelli, et si c'est bien lui, je vous fais part de mes impressions, pas plus. Si en deux jours j'avais pu prouver qu'il est impliqué dans le crime organisé, vous pensez bien que la police y serait arrivée avant moi. En passant, la police doit avoir un dossier assez épais sur la famille Sandrelli. Vous pourriez rencontrer un inspecteur avant de communiquer avec M. Sandrelli. C'est une idée, pas ma meilleure, je vous dis seulement que la chose est possible. Vous pouvez aussi aller à la bibliothèque ou aux Archives nationales et relire ses dépositions devant la CECO ou dans divers procès. J'ai mis les références et les dates dans mon rapport, vous avez aussi des articles que j'ai photocopiés. À partir de maintenant, les décisions vous appartiennent. Je n'ai pas encore son adresse à domicile, mais il vous serait facile de communiquer avec lui à l'une ou l'autre des entreprises de la famille, vous avez les coordonnées. De toute façon, je vous conseillerais d'éviter un premier contact à son domicile. Partons du principe que Gianni Sandrelli ne sait pas qui vous êtes, sa famille non plus. Dans les retrouvailles, la première rencontre est souvent…

– Il est trop tôt pour parler de retrouvailles, dit Myriam. Je veux juste savoir qui est mon père, après on verra. Qu'il soit un criminel ou un docteur… J'aimerais mieux un docteur, mais je ne cherche pas à faire de l'argent, je n'ai pas d'intentions et je n'ai pas d'attentes.

– Je comprends. Qu'est-ce que je fais maintenant ? Je vous remets le dossier ou je continue ? Je peux toujours trouver son domicile, voir un peu comment il vit. On peut imaginer qu'il vit bien, il se promène en Mercedes, il brasse des affaires, l'homme qui était avec lui était certainement un garde du corps…

– Mon père qui aurait des gardes du corps !… Vous ne savez pas s'il a une famille ? demanda Myriam.

– Non, par contre on parle d'un Italien qui serait au début de la cinquantaine. On peut supposer qu'il est marié et père de famille, peut-être qu'il est déjà grand-père. Je peux demander une recherche chez Pinkerton. Demain, j'en saurais plus long, si tout va bien je pourrais aller faire quelques photos, il faudrait un jour tout au plus.

– J'aimerais mieux, dit Myriam. Je ne me sens pas très sûre, peut-être que ça ne servira à rien… Qu'en penses-tu, Félix ?

– Tu pourrais t'adresser à la police, M. Cavoure…

– Et attirer l'attention sur lui ? Je n'ai pas envie de le voir pour la première fois en prison. Et encore moins de lui dire que j'ai passé par la police pour le rencontrer. Je ne sais même plus si j'ai le goût de le connaître !

– Attendez, intervint Cavoure. Je *pense* que votre père est Gianni Sandrelli, je *pense* qu'il a été dans la mafia autrefois. C'est peut-être un homme charmant…

– Je vous ai engagé pour le trouver, autant aller jusqu'au bout. Continuez, j'en aurai le cœur net. Tu es d'accord, Félix ?

– Fais ce que tu dois faire, chérie, c'est ton père.

– Arrête avec tes « c'est ton père » ! Tu parles de la mafia comme un expert et quand je te demande ton avis, ça ne te concerne plus et tu dis des niaiseries. Réponds franchement, bonté, dis-moi ce que tu penses !

Il y eut un long silence. Myriam était aussi consternée que les deux hommes. Cavoure sentit qu'il ne lui appartenait pas d'intervenir dans une dispute conjugale. Félix fut le premier à parler.

– Je me suis mal exprimé, Myriam. Je ne le sais pas plus que toi, ce qui est mieux. Je veux juste te dire que je serai d'accord avec tes décisions. Oublie le reste, pense à ce que tu veux.

Myriam porta les mains à son visage, les écarta, lissa ses cheveux en écarquillant les yeux.

– Excusez-moi, dit-elle. Toi aussi, Félix. Je ne suis pas bien dernièrement, je vais avoir mes règles, Félix est patient avec moi, vous avez vu… On continue, poursuivez votre enquête. Excusez-moi.

Félix lui jeta un regard interdit. Cavoure baissa les yeux, Myriam fut honteuse de ce qu'elle venait de dire.

– Entendu, fit Cavoure. Je communiquerai avec vous demain avant la fin de la journée. En fait, je m'y mets tout de suite, j'envoie ma demande chez Pinkerton.

– Merci pour tout, dit Myriam. Excusez-moi encore.

– Madame, dit Cavoure, les enquêtes comme la vôtre, *c'est* énervant, il est normal que le chaudron saute. Je peux vous dire par expérience que les hommes ne réagissent pas mieux que les femmes. Croyez-moi, j'ai vu pire.

– En passant, dit Félix, vous avez demandé tout à l'heure : je vous donne le dossier ou je continue ? On peut l'avoir, le dossier, les choses dont vous n'avez plus besoin ?

– Certainement. Je vous en fais une copie.

Après le départ de ses clients, Cavoure se laissa tomber lourdement dans son fauteuil. Félix avait mentionné Violi et les Cotroni. Cavoure avait rectifié un détail, mais il n'avait pas tout dit. Il avait jugé préférable de ne pas ajouter par exemple qu'à la mort de Violi, en 1978, la famille Cotroni était passée aux mains de Niccolo Rizzuto, lequel avait mis fin à l'affiliation à la famille Bonanno. Dans les meilleures années, Cotroni aurait versé jusqu'à cinquante millions de dollars à la famille Bonanno en « redevances » – on imagine donc les profits ! Cela se passait à l'époque où Gianni Sandrelli, d'une famille liée aux Cotroni, faisait une Myriam à une certaine Isabella Carboni. Le crime étant aussi lucratif à Montréal (Cavoure en était lui-même étonné), il était douteux que les familles se soient « amendées ». En 1985, en tout cas, le délateur Francis Simard faisait état d'une activité aussi florissante que meurtrière de la famille de Frank Cotroni. Depuis, les Sandrelli avaient monté en grade. Comment savoir de quelle farine ils faisaient leur pain aujourd'hui ?

Vingt et un

– Il paraît que quelqu'un fouille dans tes affaires, dit le vieux Sandrelli.

– Qui t'a raconté ça ?

– J'entends ce que j'écoute. Qui c'est ?

– Alain Cavoure, un petit détective privé, il a une annonce de trois lignes dans les pages jaunes. Je m'en occupe.

– Un détective… Il pose des questions, il cherche à savoir ce que tu faisais en 1970, il s'appelle Cavour.

C'est Dino au Reggina, comprit Gianni. Il va se faire parler !

– Il s'appelle Cavou-*re*, il n'est pas Italien, c'est un Québécois. Papa, arrête de penser que les Giambotti veulent se venger ! Cosimo Giambotti est mort en 1972, sa veuve est remariée depuis vingt ans, plus personne ne pense à lui. Violi, Cotroni, Di Orio, ils sont tous morts. Si quelqu'un avait parlé, je n'aurais pas un amateur dans les pattes, j'aurais une balle dans le front. Ou toi ! Mais non, les Russes font des bêtises, je te l'ai dit. T'inquiète pas, je vais leur donner une leçon. Demain soir, leur Cavoure va se pendre dans le bois avec une lettre d'adieu signée dans sa poche. Il va avoir de l'alcool dans son sang, la police va trouver une bouteille avec ses empreintes par terre, sa Nissan à côté avec les clefs. Ou on peut l'asphyxier dans sa Nissan, on verra. À partir de demain, les Russes vont connaître le sens du mot respect. Tu m'as toujours dit : la méfiance. Laisse-moi te dire qu'ils vont se méfier en grand ! En passant, les transferts sont réglés, c'est de cela que je voulais te parler. Un coup de téléphone de trois minutes, l'affaire est conclue. Les marchandises sont en route et dans trois jours on empoche soixante-dix millions net !

Vingt-deux

Cavoure avait donc à trouver et à observer la résidence de Gianni Sandrelli. Il avait pensé qu'il n'y aurait pas d'observation dans cette enquête. Or, il y en aurait, peut-être un brin de filature – plus réussie, espérait-il, que celle qu'il avait tentée rue Jean-Talon… Et pas de n'importe qui, d'un possible mafieux.

Et s'il pouvait éviter la filature ? Cavoure consulta ses notes. Gianni Sandrelli avait témoigné en 1993. Son adresse figurait certainement dans le dossier du procès. Il relut l'article tiré de *La Presse* : l'accusé était un certain Marc Viger. Palais de justice demain, à la première heure !

Il appela Michel Bourgeois chez Pinkerton, à qui il avait coutume de confier ses fouilles dans les bases de données. Cavoure lui demanda un rapport sur Gianni Sandrelli, début cinquantaine, fils de Gabriele Sandrelli, propriétaire du restaurant Casa Reggina, du restaurant Il Palio et probablement actionnaire des Constructions Sandrelli, l'actionnaire principal étant peut-être Gabriele Sandrelli. Mettre l'accent sur l'état civil, les commerces, entreprises et propriétés, les divers conseils d'administration, les rapports avec la justice depuis 1990, car il avait déjà les données des années précédentes, omettre les infractions au code de la route. Essayer dans la mesure du possible de s'en tenir à une heure de recherche. Bourgeois s'y mettrait dès qu'il aurait terminé le rapport sur lequel il planchait, il aurait les résultats au plus tard le lendemain en matinée. Non, désolé, impossible avant. Par télécopieur ou courriel ? L'un ou l'autre, comme tu voudras, répondit Cavoure. Pourquoi pas les deux ?

– Et un petit tennis avec ça, bientôt ? demanda Bourgeois.

– Je ne dis pas non, je n'ai pas joué de la semaine. Samedi, peut-être ?

– Ça m'irait. En matinée, genre dix heures ? Je t'en reparle.

– Entendu. Merci encore.

C'était reparti. Curieusement, Cavoure en éprouva une certaine satisfaction. Cette affaire le tarabustait, il n'aimait pas les fils qui pendaient dans le rapport qu'il venait de remettre à sa cliente. La chance lui avait souri, il était vrai, pourtant quelque chose demeurait inachevé, il restait sur sa faim.

Myriam Sarfati lui avait inoculé sa curiosité. Sois prudent, se rappela-t-il.

Vingt-trois

– Ledmadev au téléphone, patron, dit Lucio.

L'asino! se dit Gianni. Il attendait cet appel avec impatience. Il prit son ton le plus aimable.

– Salut. Quand es-tu arrivé ?

– Cet après-midi.

– Nous devons nous parler.

– Je sais, je repars demain pour... je repars demain, dit Ledmadev, avec son fort accent. Il y a un problème ?

– Il y en a eu un petit, je suis en train de le régler.

– Tout va bien de notre côté. Je n'aime pas les mauvaises nouvelles. Quand, où ?

– Les nouvelles sont bonnes. Nous allons nous rencontrer demain. Au 525, rue Chambers. Les portes seront ouvertes. Garez-vous au coin de Wellington et Queen et marchez jusqu'au 525. Demain à quatorze heures.

– 525 Chambers, j'ai noté.

– J'aurai un homme à l'entrée.

– Nous serons là. Je répète, je n'aime pas les surprises.

Moi non plus, songea Sandrelli, et ça va être ta fête, je t'en prépare une fameuse de surprise.

Ledmadev était arrivé en après-midi, il l'appelait maintenant, en soirée. Qu'avait-il fait entre-temps, à qui avait-il parlé, qui avait-il rencontré ? Des gens de Hamilton, de Buffalo ? Cavoure ? Cela aussi, il faudrait l'éclaircir…

Dans la vie, il y avait les dominants et les dominos, les puissants et les pissous. Jamais il ne serait dit qu'un Sandrelli avait été un domino ou un pissou. Il avait perdu des batailles, mais l'idée de perdre une guerre ne l'avait jamais effleuré. Sandrelli avait horreur de la honte, un sentiment indigne.

Vingt-quatre

En vérité, Gianni Sandrelli était furieux. Dès sa première grosse affaire, l'imprévisible s'en mêlait. Il devait retomber sur ses pieds, reprendre la commande des événements. Cavoure était un emmerdeur de première. Son cas serait vite réglé, aujourd'hui plutôt que demain. Le moment était mal choisi pour avoir une guêpe dans le cou.

Gianni Sandrelli refusait de croire que les restes de la famille de Donato Giambotti étaient sur ses traces. Pas trente ans plus tard, pas les Giambotti, effacés après la mort de « Don » le patriarche (le vieux Giambotti avait aimé faire parade de son surnom). En 1967, Gianni avait liquidé Bastiano Giambotti à New York ; Gabriele Sandrelli en avait reçu l'ordre par l'entremise du clan Cotroni. Bastiano Giambotti avait été son baptême et sa confirmation, l'exécution lui avait valu l'admiration de la famille. Il avait supprimé Bastiano dans la pizzeria de son cousin. Pas un coup de feu. Il avait joué de la trique, il lui avait tenu la tête dans un bol de toilette et il s'était enfui par la fenêtre. Le soir même, il était de retour à Montréal. Il avait été fêté, il n'avait nullement détesté les accolades. Il avait vingt et un ans. Quelqu'un à New York, Bonanno ou Genovese, avait décidé que les hostilités s'arrêteraient là.

Était-ce sa faute s'il était né fils de Gabriele « Sandy » Sandrelli ? Si Michele avait disparu ? Quand il était jeune, il avait rêvé de se trouver un jour aux commandes d'un Arrow, l'avion de combat du constructeur Avro. En 1959, le gouvernement Diefenbaker avait tué pour des raisons d'une stupidité stupéfiante, au moment précis où il aboutissait, le programme Arrow des libéraux de Saint-Laurent. Alors Gianni voulut être ingénieur. Son père insista pour qu'il devînt avocat, comme son frère aîné : l'un en droit pénal, l'autre en droit commercial. Curieux comme, dans les familles où la loi est un obstacle à la prospérité, les pères veulent immanquablement des fils membres du barreau – pour éviter à leurs hommes des barreaux moins prestigieux.

Bastiano Giambotti lui aussi avait étudié le droit, à Columbia. Il avait une petite fille et sa femme était enceinte. Il avait pourtant trouvé la mort parce qu'il avait poursuivi de trop près la femme d'un capo de la famille Bonanno et que, pendant que sa femme n'était plus bonne à rien, et malgré des avertissements, il avait continué de poser ses pattes mariées sur de la peau prohibée. Il n'y avait pas que la curiosité adultère : Giambotti avait été surpris en présence d'agents du FBI, ses études lui avaient monté à la tête. On avait confié la mission aux amis du Nord, il était revenu aux Sandrelli d'agir. Personne n'avait eu une chance. Bastiano avait été une cible, Gianni l'exécutant, leur sort avait été scellé par des forces dont ils avaient tous deux été les jouets. Il lui arrivait de penser à ses rêves d'adolescent. Ingénieur, il aurait pu travailler à l'Agence spatiale canadienne, à la Finmeccanica en Italie, à la NASA[2]. Il avait vieilli, appris à vivre avec un sens du devoir teinté de nostalgie.

---

2. Les Tories de Diefenbaker ont supprimé le programme Arrow en février 1959. Tous les avions existants ou en production, les plans, dessins et devis et les moules des pièces ont été détruits, le métal fondu à Hamilton. Moins de dix semaines après l'annonce de la fin du programme Arrow, vingt-cinq des ingénieurs d'Avro travaillaient déjà à la NASA, créée en 1958, et de nombreux autres ont trouvé un emploi chez les fournisseurs de l'agence américaine. Plusieurs ingénieurs d'Avro ont dirigé des volets clefs des programmes Mercury, Gemini et Apollo. En 1969, en mettant le pied sur la Lune, Neil Armstrong a déclaré : « *That's one small step for man, one giant leap for mankind.* » En réalité, il s'est enfargé, non sur une roche lunaire, mais dans ses mots. Armstrong était supposé déclarer – ce qui aurait été plus sensé : « *That's one small step for* a *man, one giant leap for mankind.* » Il aurait pu ajouter, s'il avait voulu faire des remerciements comme aux Oscars (ou plutôt aux Emmys, puisqu'il passait à la télévision) : « *Thanks, Mom and Dad, thank you, President Kennedy, and thank you so much, Prime Minister Diefenbaker.* »

L'héritage avait été plus fort que ses rêves de jeunesse – qui n'avaient jamais été que cela, du reste, des rêves, qu'il faut savoir abandonner un jour, pas nécessairement pour le pire. Les regrets sont le loisir des impuissants. Il avait tué Bastiano Giambotti, terminé ses études de droit, épousé Luisa, il était devenu père de famille et aujourd'hui il était le patron. Affecté par la disparition de l'aîné Michele, puis par la mort de sa femme, son père lui avait progressivement cédé les rênes. Gianni était responsable de centaines de personnes, des employés, leurs femmes, leurs enfants. Le jour où il avait enfoncé la tête de Bastiano Giambotti dans la cuvette, lui-même avait plongé dans un avenir dont il avait immédiatement senti la lourdeur. Dans les semaines qui avaient suivi, il avait beaucoup dormi. La fatigue est le corollaire des devoirs, tous les chefs d'entreprise en font leur lot. Ses responsabilités l'obligeaient à se montrer tantôt magnanime, tantôt intraitable, toujours juste. Une seule vertu lui tenait à cœur : son intégrité. C'était une question d'habitude, de maturité, de jugement, d'autorité. Il n'était ni heureux ni malheureux : le bonheur était un autre luxe des impuissants.

Sa femme lui reprochait ses absences. Elle non plus n'avait pas le choix, son train de vie la tenait en otage. Il ne lui demandait plus rien, sinon d'éviter les scandales et de s'occuper de la maison et des enfants avec Delfina, une Napolitaine de vingt-six ans, adorable, dont il se tenait systématiquement à distance (si sa femme avait voulu le pousser dans les bras de l'adultère pour divorcer, elle n'aurait su mieux s'y prendre). Luisa l'avait trompé, il avait tourné la tête et lui avait pardonné sans qu'elle en sache rien ; en famille, il était clément. Il faisait son travail, il faisait sa vie. Lui aussi avait encouragé son fils aîné à devenir avocat, Franco étudiait le droit à McGill. Il lui laisserait des liquidités à gérer, non des liquidations, parole de Sandrelli.

Gianni Sandrelli ne disait pas tout à son père. Le vieux Sandy ne pouvait comprendre l'intérêt et l'opportunité de ses entreprises avec les Russes.

L'occasion était *unique*, elle ne reviendrait jamais. Les familles de New York battaient de l'aile et le clan Cuntrera-Caruana avait les fesses à l'air. Pasquale, Paolo et Gaspare Cuntrera avaient été arrêtés et condamnés à Rome, Alfonso Caruana avait été arrêté en Ontario. Gianni ne se cachait pas que, n'eût été l'attention dont les familles américaines et les cartels colombiens et mexicains faisaient momentanément l'objet de la part de toutes les polices du monde, les Russes ne se seraient pas tournés vers les Sandrelli, avec qui ils avaient déjà brassé quelques petites affaires par agents interposés. La plupart des chefs des familles new-yorkaises étaient en prison et la situation n'était guère plus reluisante à Chicago ou à Buffalo. Les arrestations en série avaient affaibli les familles Bonanno, Lucchese et Colombo ; les Genovese et Gambino avaient mieux résisté, mais leurs chefs Vincent Gigante et John Gotti étaient derrière les barreaux, alors que les deux familles étaient embourbées depuis 1996 dans un procès sur le racket dans la *collecte des ordures* à New York ! Peut-on sentir plus mauvais ?

Qui sait, un nouveau Lucky Luciano apparaîtrait, un nouveau Vic Cotroni. Comme le phénix, les familles renaîtraient de leurs cendres. L'important était de marquer des points avant qu'elles remontent leurs culottes. Les Sandrelli pouvaient profiter de la déconfiture générale pour un temps limité. Pourquoi ne serait-il pas le prochain Cotroni, et les Sandrelli la nouvelle grande famille ? Si la fenêtre était étroite, elle était ouverte.

De leur côté, les cartels aussi avaient essuyé des pertes. Sinon, pourquoi auraient-ils choisi les Russes plutôt que les fournisseurs allemands ou du Proche-Orient ? Durant une vingtaine d'années, les familles, en Europe comme en Amérique, s'étaient chargées de blanchir les recettes des cartels latinos et en avaient abondamment profité. Or, depuis peu, la donne n'était plus la même. Les Colombiens revendaient leurs devises à perte – au mètre cube ! – aux cartels mexicains, lesquels s'occupaient de les blanchir. Inquiétés par les succès des Falcone, Giuliani et Borsellino, les Colombiens faisaient plus confiance aux Mexicains qu'aux familles, au point qu'ils avaient créé, peu à peu et sans le comprendre, d'autres cartels qui risquaient maintenant de les évincer !

Dans deux ans, les Russes auraient établi leurs propres liaisons avec les cartels. Ils contrôlaient déjà la banque russe, bientôt ils n'auraient plus besoin de l'expertise des Italiens pour recycler leurs profits. Au Canada, les pressions montaient d'un ton à cause des niaiseries des Hells et des Bandidos, il n'était pas sûr que la discrétion des Sandrelli pourrait longtemps être maintenue. Les motards, des cervelles de sauriens, tiraient sur tout ce qui bouge ; ils auraient voulu déclencher une nouvelle commission d'enquête qu'ils n'auraient pas agi autrement, ils menaçaient d'entraîner les familles dans leur noyade. Les Hells étaient des parvenus sans plus de culture que les Russes, ils réglaient les problèmes en tirant dessus. Ils ne voulaient qu'une chose, s'emparer de la distribution, et ils vendaient de la cochonnerie. Jamais les Sandrelli n'avaient vendu de la cochonnerie. Pour avoir une chance d'en sortir indemnes, ils devaient traiter avec les Russes. Après… Après, il suffirait de passer carrément au tertiaire, d'être futé, d'acheter les bons titres, le « bon » argent propre (le tertiaire se diversifiait), de payer des courtiers et des avocats, les profits s'empileraient tout seuls.

Oui, les Russes étaient une occasion rêvée. Avec soixante-dix millions, on achète *beaucoup* de légitimité, on spécule sur les marchés asiatiques à la baisse, européens à la hausse, on investit dans le Mercosur. Son père continuait de voir les marchés boursiers avec suspicion parce qu'il n'y comprenait rien, il voyait petit et pensait ancien. Il fallait pourtant arrêter de tuer du monde pour gagner sa vie, ce n'est pas un métier ! La famille avait les moyens de quitter les eaux profondes, Gianni s'y employait depuis deux ans. S'il avait vécu, Bastiano Giambotti aurait pris le même virage comme *consigliere* de son père.

Aujourd'hui, on viendrait le chercher ? Les Giambotti lui jetteraient un Cavoure dans les pattes ? Impossible ! Pourquoi voudraient-ils régler des comptes datant de la préhistoire ? Non, Cavoure travaillait pour les Russes, ou autour des Russes, Gianni en était convaincu.

S'il ne s'était agi que de sa propre personne, peut-être aurait-il laissé filer les événements, ne serait-ce que par curiosité, pour découvrir comment il était censé mourir. Cependant, Gianni Sandrelli ne pouvait s'abandonner à de telles divagations : trop de personnes dépendaient de lui, de sa vigilance, de sa protection de tout instant. Son père ne l'avait pas contraint à diriger les affaires, il avait accepté de son plein gré, en connaissance de cause, il avait donné sa parole. Tant pis s'il fallait avoir recours aux moyens du passé.

Vingt-cinq

En arrivant au bureau, Cavoure ne trouva rien dans le télécopieur. La veille en soirée, Michel Bourgeois avait laissé un message : « Désolé, Alain, ma recherche est plus compliquée que prévu. Affaire banale, client pénible. J'aurai ton information demain quinze heures au plus tard. Samedi matin confirmé, on frappe des balles. »

À dix heures, Cavoure arrivait au service des archives du palais de justice. Il demanda à voir le dossier du procès de Marc Viger, tenu en juillet 1993. Quinze minutes plus tard, il était installé devant un écran. Il fit défiler la transcription du procès, trouva la déposition de Sandrelli.

(Procureur) Votre nom ?
(Témoin) Gianni Sandrelli.
(Procureur) Votre adresse ?
(Témoin) 4, place Harlow, Beaconsfield.

Cavoure connaissait la place Harlow. La maison de Sandrelli se trouvait donc près du lac Saint-Louis – et certainement du bon côté de la rue. Le terrain devait comprendre un rivage, Sandrelli avait une plage, un quai, un puissant hors-bord. Les bateaux de plaisance circulaient librement sur le lac. Tant de choses pouvaient se passer en toute discrétion sur l'eau, au petit jour, au crépuscule, la nuit : une noyade opportune, un déchargement, un transbordement, l'échange de quelques caisses venues du lac Champlain ou du lac Ontario contre une mallette pleine de fric, ou l'inverse, les possibilités étaient si nombreuses qu'on pouvait même y faire des rencontres, découvrir sa voie dans la vie ou trouver l'âme sœur. En 1993, Gianni Sandrelli habitait au 4, place Harlow. Il y avait d'excellentes chances qu'il s'y trouve encore.

Il était hors de question d'épier Sandrelli depuis une voiture garée place Harlow. La rue ne recelait aucun endroit permettant d'exercer une surveillance discrète et il fallait compter que Sandrelli connaissait déjà le numéro de sa plaque, noté par le blanc-bec du Casa Reggina. Il se faisait accompagner d'un garde du corps et suivait à la lettre toutes les recommandations du *Manuel de survie du mafieux dans un monde hostile*, même en ce qui avait trait à l'endroit où il habitait, à la protection de sa famille, aux possibilités de fuite. Sandrelli n'était pas un imbécile.

De retour dans sa voiture, Cavoure fouilla sous le siège et sortit l'annuaire téléphonique. Il réserva une voiture pour une demi-journée chez un concessionnaire Discount. Il s'y rendit directement et repartit au volant d'une Neon, laissant sa Nissan dans la cour de l'agence. La propriété de Sandrelli serait surveillée, il n'en doutait pas, un vigile pourrait relever l'immatriculation de la voiture, par contre il ne voyait pas comment Sandrelli pourrait obtenir l'identité du locataire à moins de soudoyer un employé de Discount. Cavoure ne pensait pas valoir un pot-de-vin ; dans sa Neon blanche de location, il se sentait à l'abri.

Il passa sous un viaduc au ralenti, des ouvriers agitaient des drapeaux rouges. Des équipes refaisaient la chaussée de la rue Clark. Soudain, la voiture se mit à vibrer en menant un bruit d'enfer. Sur le coup, Cavoure crut que le moteur allait lui exploser en pleine face et il se demanda quelle espèce de citron il venait de louer. Mais non, le bruit provenait des asphalteuses. Dans le tunnel du viaduc, amplifié par la réverbération, le bruit était assourdissant. Il eut l'impression d'être au cinéma, dans la salle des machines d'un gigantesque paquebot, système Lucas THX. Les vibrations devaient être près du seuil audible par l'oreille humaine et pourtant, jamais de toute sa vie il n'avait entendu un son d'un tel volume. Il retrouva l'abri du ciel, le bruit s'estompa. Il gagna l'autoroute Ville-Marie sans autre surprise.

Il alluma la radio. Un bulletin de météo, puis deux animateurs reprirent l'antenne. L'un d'eux demanda à son collègue comment on appelait la femelle de l'éléphant. L'autre répondit bêtement « éléphante ». « Mais non, nono, c'est une *éléfendue* ! » Et tous deux de s'esclaffer.

La station avait la réputation d'être un repaire d'*humoristes* ! On était loin de Sol et de Devos… Cavoure joua du bouton et tomba sur CJAD, une station qu'il n'écoutait jamais. Une vieille Anglaise « s'exprimait ». Elle habitait boulevard Dorchester à l'ouest d'Atwater, dit-elle, et elle aurait déménagé si elle avait dû habiter le tronçon rebaptisé boulevard René-Lévesque. Elle se faisait un point d'honneur de boycotter le système métrique, un complot des Québécois à Ottawa. Elle n'était pas seule, rappela-t-elle, CTV donnait encore les prévisions de la météo en degrés Fahrenheit, elle mourrait en Fahrenheit, même si les infirmières ne savaient plus ce que ça voulait dire. Et lui qui se faisait demander par un jeune effronté s'il était au courant que l'an 2000 approchait ! Le système métrique avait été adopté au Canada au début des années soixante-dix. C'est pourquoi, trente ans plus tard, nous avons des boîtes de bines de 398 et non 400 ml, des contenants de jus d'orange de 960 ml et non d'un litre et de vieilles Anglaises qui tiennent à mourir en degrés Fahrenheit. Mme Bloke ne comprenait pas que les Québécois boudent le 1er juillet, pourquoi ils avaient remplacé la fête de la Reine par la fête de Dollard. Elle aurait volontiers continué à ruer dans les tibias du Québec si l'animateur de l'émission n'avait pas annoncé une pause publicitaire – aussi tonitruante que les asphalteuses, pause mon œil ! Cavoure éteignit, plus amusé qu'offensé. Quoi, tout le monde a le droit d'étaler sa bêtise sur les ondes, les humoristes comme les irrédentistes édentées de Westmount. Le monde se porterait beaucoup mieux si un jour le droit de déconner était inscrit dans des chartes partout sur la planète.

Arrivé au boulevard Beaconsfield, il s'arrêta et posa son appareil photo sur le tableau de bord. Il appuya sur le déclencheur pour vérifier l'angle. L'appareil cracha une photo. Des toitures, trop de ciel. Il prit le manuel de la voiture dans le vide-poches et le glissa sous le Polaroid pour ramener l'axe à l'horizontale. Nouveau déclic, meilleur résultat. Il roula lentement jusqu'à la place Harlow.

Ouille ! beaucoup d'arbres ! Les photos risquaient de ne pas montrer grand-chose, sinon de la végétation. Il fit un premier tour de la place, une main sur le volant et l'autre sur l'appareil, tout en travaillant fort des yeux, ignorant les photos qui tombaient à ses pieds. Il ne trouva pas de panneau indiquant le 4, place Harlow. Sandrelli prenait des précautions, certaines étant moins inspirées que d'autres. Ses voisins d'en face avaient posé des panneaux indiquant l'adresse, deux d'entre eux portaient le nom des propriétaires. Peut-être les voisins, connaissant ou soupçonnant la nature des activités du propriétaire du 4, songea Cavoure, avaient-ils voulu d'éviter toute confusion et éloigner certains visiteurs peu recommandables. Quoi qu'il en soit, contrairement à la discrétion voulue, l'absence de panneau chez les Sandrelli attirait plutôt l'attention.

Il suffisait d'un calcul d'enfant pour conclure en suivant le tracé de la place que le numéro 4 se « dissimulait » quelque part entre le 2 et le 12, les seuls voisins du côté du lac. Et quelqu'un, place Harlow, avait une propriété de plusieurs terrains, puisqu'on passait de 2 à 12 du côté pair. Cavoure aurait parié que Sandrelli possédait au moins autant de boisé que son voisin du 12.

Revenu au boulevard Beaconsfield, Cavoure se rangea. Il avait longé et photographié le domaine de Gianni Sandrelli. L'installation était impeccable. Toute la propriété était protégée par un écran impénétrable d'arbres et de haies – et il devait bien se trouver des clôtures dissimulées. En roulant, Cavoure n'avait rien vu, sinon un bout de toit à la dernière minute, extrêmement peu loquace au sujet du gagne-pain du propriétaire. Les photos n'étaient pas plus révélatrices. Pas de guérite à l'entrée, pas de sentinelles armées munies de grappes de grenades à la ceinture, l'endroit paraissait parfaitement tranquille. Et si Sandrelli n'habitait plus là, si le domaine appartenait maintenant à un Simard, un Berkowitz ?

Comment apprendre qui est le propriétaire d'une maison sans aller consulter le cadastre ? Attendre encore quelques heures le rapport de Michel Bourgeois ou prendre les devants ? Cavoure vira dans Pinetree Crescent et stoppa la voiture. Il avait laissé l'annuaire téléphonique ainsi que le dossier de Myriam dans l'Altima. Il composa le 411 et demanda le numéro de l'hôtel de ville de Beaconsfield. Renseignements généraux : 428-4400. La réceptionniste transmit la communication au Bureau des ingénieurs. Une deuxième réceptionniste répondit : « Services techniques », écouta sa question et le mit en communication avec un ingénieur.

– Bonjour. Je suis Alain Cavoure. Je voudrais savoir si le 4, place Harlow donne sur le lac et qui en est le propriétaire.

– Un moment, je vérifie, répondit l'ingénieur.

(Pause musicale fournie par Eric Clapton.)

Pourquoi est-ce que je fais ça ? se demanda Cavoure. Certes, Myriam l'avait prié de poursuivre l'enquête, mais à sa propre suggestion. Il aurait pu aussi bien lui remettre le dossier, voici qui est votre père, voici comment vous pouvez le retrouver, merci beaucoup et je vous enverrai la facture. Non, il avait lui-même fait sentir que le travail demeurait inachevé. Pourquoi ? Par souci pour sa cliente, sans doute, elle lui inspirait de la sympathie. Il souhaitait la préparer à la rencontre avec son père mafieux, qu'elle semblait souhaiter malgré les risques – et peut-être aussi la protéger contre elle-même : elle n'était pas particulièrement solide sur ses pieds, la scène de la veille au bureau l'avait démontré. Enfin, il aurait eu tort de mettre cela uniquement sur le dos de Myriam. La sympathie a beau être déconseillée dans les manuels, un jour ou l'autre tous les enquêteurs y succombent.

– Vous êtes là ? Je m'excuse, ç'a été long. Je peux confirmer que le 4 donne sur le lac. Il y a seulement cinq propriétés qui donnent sur le lac, les numéros 1, 2, 4, 12 et 16. Pour connaître le nom du propriétaire, vous devez retourner à la réception. Un moment, je vous communique.

Le propriétaire du 4, place Harlow était une femme, Luisa Sandrelli – et elle était également propriétaire du 6 et du 8, le 8 étant un terrain boisé sans bâtiment. Autre surprise : le propriétaire des terrains 1 et 2 était Gabriele Sandrelli. Aussi facile que de perdre un cheveu ! Sandrelli n'était donc pas rendu à l'île Bizard, ni à Brossard ou à Blainville, il habitait toujours au 4, place Harlow, comme Cavoure s'y attendait.

En vérité, reconnut-il, il ne se donnait pas ce mal uniquement pour sa cliente. Lui aussi était piqué par son enquête, plus qu'il n'aurait dû se permettre de l'être. Myriam lui avait sans le savoir – et sans le vouloir – touillé l'intérêt. Sandrelli le changeait des sempiternelles filatures de conjoints infidèles, de joueurs compulsifs, de jeunes toxicomanes de bonne famille que leurs parents lui demandaient de filer, il aurait eu tort de se priver de son plaisir.

Il vérifia les panneaux de stationnement dans Pinetree. Il était en règle jusqu'au lendemain matin. Bon, il faut ce qu'il faut, un brin d'espionnette sur le terrain. Sacoche !

Vingt-six

Cavoure s'avança vers la place Harlow. Il entendit de la musique. Ce n'est pas un disque, pensa-t-il, quelqu'un joue du piano. Qu'est-ce que c'est, voyons ! Oui, voilà, un morceau d'*Iberia* d'Albeniz, lequel il n'aurait pu dire. La musique s'arrêta, le pianiste reprit un passage, une fois, deux fois. Il perçut un autre bruit dans le ciel. Par-dessus les arbres apparut un avion, un monomoteur qui volait à basse altitude. Un Cessna. Non, les ailes n'étaient pas attachées au-dessus du fuselage. Il sortit ses jumelles. Un Beechcraft Bonanza. On en voyait peu dans le ciel de Montréal. Justement, l'avion était américain, l'immatriculation commençait par un N, non un C. Cavoure avait déjà eu un client qui était copropriétaire d'un Bonanza A36, « la Cadillac » des monomoteurs, disait-il. Cavoure aurait plutôt dit la Rolls, mais enfin, c'était son client qui le pilotait, qui payait, il avait droit à ses comparaisons boiteuses. L'avion descendait vers l'est, sans doute vers l'aéroport de Saint-Hubert.

Cavoure ne resta pas longtemps dans la rue. Dès qu'il eut dépassé la haie qui entourait le 12, il chercha la clôture. Il la trouva entre les arbres, une dizaine de mètres plus loin. Il se glissa dans les fourrés (heureusement, il n'y avait pas de maison directement en face). Il escalada la clôture et sortit l'appareil photo d'une poche, passa ses jumelles à son cou. En faisant attention de ne pas accrocher un éventuel fil d'alarme, il s'approcha du 4. Soudain, il s'immobilisa : à travers les arbres, il aperçut un homme, posté près d'une construction de deux étages qui occupait probablement le 6 et donnait sur la rive, un hangar à bateaux dont l'étage était percé de fenêtres munies de rideaux. À quelques mètres du hangar se trouvait un autre petit bâtiment rond à toit conique. L'homme, en chemise blanche, portait une arme sous son bras. Un deuxième homme sortit du pavillon, le poste de garde sans doute, et parla au premier. Il portait une veste et une chemise jaune et il était imposant, très grand et large d'épaules. Sous sa veste, il était certainement aussi bien équipé que son collègue côté « protection ». Ils échangèrent des propos, chemise blanche sortit un téléphone de sa poche. Pendant qu'il parlait, immobile, l'autre regagna le poste de garde, en ressortit alors que le premier rangeait son téléphone. M. Veste prit à sa ceinture un talkie-walkie et parla brièvement. Plus loin, près de la plage, Cavoure vit une manche à air. Les vents étaient faibles, la biroute se frôlait au poteau, se trémoussait comme une danseuse de club. Ainsi Sandrelli faisait de la voile – ou peut-être avait-il un hydravion accosté. L'homme en chemise pénétra dans le pavillon. M. Veste jeta un regard aux alentours et se dirigea vers le rivage, disparut derrière les arbres.

Le domaine était patrouillé par des gardes armés. Il était vraiment chez Sandrelli. Et maintenant ? Alain, tu avais dit que tu te « tiendrais à distance ». Là, je te trouve pas mal proche ! Cavoure se gratta la tempe et posa le doigt sur une petite bosse qui lui disait toujours « Sois prudent ». Soudain, son téléphone sonna. Sacoche ! Vite il laissa tomber les jumelles, attrapa son cellulaire et le porta à son oreille. Silence. La ligne n'était pas morte, mais personne ne parlait. « Allô, j'écoute », répéta-t-il faiblement. Il entendit un clic, on avait raccroché. Il éteignit la sonnerie, remit le téléphone dans sa poche et scruta les alentours, inquiet. Personne n'avait bougé, il n'observa aucun mouvement du côté du poste de garde. Ouf !… Comment n'avait-il pas songé à éteindre son téléphone ? Impardonnable. Fais attention, bon Dieu !

Il s'avança en lynx, attentif à l'endroit où il posait les pieds. Il aperçut deux voitures devant un garage à quatre portes, toutes levées. Il reprit ses jumelles : dans le garage, une splendide Alfa Spider décapotable jaune, véritable pièce de collection, et à l'extérieur, une BM 535, de l'inimitable bleu nuit de BMW, et une Mercedes grise. Il braqua ses jumelles sur la plaque de la Mercedes : la S500 dans laquelle Sandrelli était monté en face du Casa Reggina, qu'il pilotait boulevard Jean-Talon. Sandrelli était à la maison. Que faire ? Rien de tel que l'imagination pour vaincre l'indécision. Il pouvait fureter quelques minutes encore, caché dans les sous-bois, prendre quelques photos et se retirer, retourner au bureau voir l'information envoyée par Bourgeois. Cependant, la Mercedes était devant le garage, il se trouvait chez Gianni Sandrelli. Pour y faire quoi ? En réalité, son but devenait double. Pour cerner les lieux, certes, ce qui était fait, mais ne voulait-il pas aussi expliquer à Sandrelli pourquoi il voulait lui parler, pourquoi il l'avait appelé et s'était rendu au restaurant, lui dire pourquoi il le poursuivait ? La rencontre éventuelle avec Myriam ne pourrait qu'en être facilitée. Ma foi, autant sortir à découvert et demander à lui parler…

Réfléchissant, Cavoure leva les yeux. Il aperçut un reflet dans le feuillage : un objectif de caméra était braqué sur lui. Il aurait été la vedette d'un film que la caméra ne l'aurait pas mieux encadré. Merde, le terrain devait être un véritable plateau de tournage truffé de caméras, il devait avoir l'air d'une mouche dans un verre de lait ! Le poste de garde, muni de moniteurs… Fin de la période de réflexion, il devait vite se montrer et demander à parler à Gianni Sandrelli.

Il voulut se relever, entendit un bruit, se retourna. Il n'eut pas le temps de voir un visage, de prononcer une parole, il vit seulement une main, un objet mince et long approcher. Il pensa une dernière fois à Marianne, à l'espace qui prenait la forme d'un mouvement si étrange...

Vingt-sept

Trois hommes descendirent d'une Volvo, deux autres de la BM qui la suivait. Sandrelli était monté dans la BM, il avait laissé Alberto conduire. Il était treize heures quinze. Alberto gara la BM dans la rue. Les hommes jetèrent un regard autour. Les rues étaient désertes. Au fond du terrain vague en face, trois clochards étaient assis sur des blocs de béton ; ils tenaient tous un sac de papier, une caisse était posée à leurs pieds. Ayant vu que les voitures ne portaient pas de gyrophares, ils reprirent leurs échanges socratiques sans plus accorder d'attention aux arrivants. Les hommes de Sandrelli s'approchèrent de la porte ; Alberto sortit un trousseau et ouvrit le cadenas d'un grillage, fit tourner une autre clef. Les cinq hommes pénétrèrent dans l'entrepôt, une vaste étendue sombre flanquée de quais de chaque côté. Deux rangées de poutres de métal luisaient faiblement. Personne ne toucha aux interrupteurs à l'entrée. L'entrepôt ne servant plus depuis longtemps, le courant était coupé. Sandrelli posta ses hommes à des endroits stratégiques, près des colonnes. Les quais étaient dégagés, personne d'autre en vue. Il parcourut l'entrepôt dans les deux sens, confiant, donnant partout la consigne : « Tu ne fais rien sans mon ordre, tu surveilles. Si je donne le signal, tu tires, on verra les dommages ensuite. Pas de zèle, compris ? »

Il s'assit sur la base d'un pilastre. Les boulons lui entraient dans la chair. Il se releva, fit le tour de la colonne. Son téléphone sonna. Il répondit. Son visage s'altéra. Il posa quelques questions, finit en disant : « Absolument. Je dois lui parler. » Il sortit un papier d'une poche, composa un numéro au téléphone. Il attendit une quinzaine de secondes, puis referma l'appareil et reprit l'attente. Il était furieux, sa colère contre les Russes atteignit un nouveau sommet.

À quatorze heures deux, la porte s'ouvrit et deux hommes entrèrent dans l'entrepôt. Ils se postèrent de chaque côté de la porte et scrutèrent les lieux, l'un d'eux se tourna et fit un signe de la tête. Deux autres hommes franchirent le seuil. Ledmadev et Kapaïev. Ils s'immobilisèrent un instant près de la porte, laissant leurs yeux s'habituer à la pénombre.

Ledmadev dit quelque chose à ses hommes et s'avança avec Kapaïev au milieu de l'entrepôt, se dirigeant vers Sandrelli avec nonchalance.

– Salut ! lança-t-il, levant la main.

– Salut ! Content de te voir ! dit Sandrelli.

Personne n'aurait cru qu'ils arrivaient de Moscou, qu'ils avaient dans une poche des monceaux de missiles capables de détruire le

Centre Molson et dans l'autre assez de fric pour
l'acheter (avec le Stade olympique en prime)
en payant comptant. Les cartels et les rebelles
voulaient de gros missiles pour riposter à la lutte
de plus en plus féroce que leur faisait la Drug
Enforcement Administration. Pas des roquettes
ou des Stingers américains, mais des SA russes,
rien de moins (et sans doute, par d'autres voies,
des Mistral et Exocet français). Dernièrement,
des hélicoptères américains avaient mené des
missions en Colombie, en Bolivie. Le budget
de la DEA était passé de cent quarante millions de
dollars en 1975 à un milliard trois cent cinquante
millions en 1998 et le personnel avait doublé. Les
Américains adorent la violence et le gaspillage,
en politique autant qu'au cinéma, celui-ci étant
un reflet passablement fidèle de l'éthos de celle-
là. Sandrelli ne voyait aucune différence entre le
budget de la DEA et la fin du film *Titanic*, où une
vieille folle jette à la mer un bijou de grand prix
pour des raisons sentimentales imbéciles. Les
Américains demeuraient d'éternels adolescents,
avaient des émois d'adolescents, des « gestes »
adolescents. S'ils imaginaient pouvoir gagner la
bataille contre la drogue, tant pis pour eux, ils
s'embourbaient à coup de milliards dans une
autre guerre perdue ! Surtout si les missiles s'en
allaient aux rebelles, comme Gianni le soupçonnait sans tenir à le savoir. Ledmadev et Kapaïev
faisaient commerce des arsenaux de leurs alliés
comme de leurs ennemis. Gianni avisa les

hommes immobiles de chaque côté de la porte, les siens se tenaient près de leurs abris. S'il y avait de la fusillade, elle risquait de faire des dégâts. La lumière qui filtrait à travers les fenêtres crasseuses jetait une lueur glauque sur les quais. Il n'y aurait pas de fusillade. Gianni s'avança vers eux, confiant de tenir le manche, prêt à leur offrir gratuitement une leçon de savoir-vivre.

Ledmadev accéléra le pas, laissant Kapaïev derrière lui. Gianni les voyait pour la troisième fois, les deux autres ayant été des rencontres à New York, la première pour régler une petite transaction il y avait un an, la deuxième quelques mois plus tôt pour préparer celle-ci. Ledmadev avait des traits orientaux, il devait être Kazakh ou Géorgien plutôt que Russe, bien qu'il arrivât de Moscou. Il portait un costume à carreaux en mauvais tissu, très russe, une chemise blanche et une cravate fripée, un rayé noir et jaune abominable. Ledmadev avait beau être énigmatique, on apprenait au moins une chose en le voyant : il n'était pas abonné au *Gentleman's Quarterly* ! Ses cheveux étaient sales et il devait utiliser des lames de rasoir russes, son visage avait l'air d'une plaie, rien pour exciter une femme. Néanmoins, Ledmadev ne sortait pas d'un obscur kolkhoze, il venait tout droit de la Lubianka. Ancien colonel du KGB, il avait « refait sa vie » et mis à profit ses secrets et ses relations. Il avait des yeux énormes, aussi noirs que de l'encre, et directs comme un regard à la Karsh.

Derrière lui, Kapaïev le Tchétchène promenait ses muscles et sa bouille indéchiffrable, neutre comme un carreau de vitre, aussi impassible qu'une tuile au soleil. Peut-être était-il lui aussi un recyclé du KGB. Il était bâti comme un taureau, son cou avait la taille d'une cuisse de rikishi et ses épaules étaient si larges que sa veste, aussi mal taillée que celle du patron, lui ballottait sur le corps comme un sac de farine. Rien de mieux pour dissimuler un arsenal, parfait modèle pour une pub d'anabolisant. Il se faisait appeler « Shermann », du nom des légendaires chars d'assaut américains, et il avait la réputation d'être aussi dur que du molybdène. Gianni ne doutait pas que Kapaïev était une machine funeste, il devait être armé comme un destroyer, « Shermann » ou pas, et prêt à se transformer en fléau en une fraction de seconde. Il était né pour abîmer des corps humains comme la Callas était née pour chanter.

Ces deux malpropres avaient pensé qu'ils pouvaient lui arracher la peau du dos sans qu'il s'en aperçoive ! Gianni Sandrelli les regardait s'avancer, fiers de leurs millions et de l'infanterie qui les protégeait, et leur superbe imbécile le fit rire intérieurement.

Ledmadev tenait une bouteille dans une main et deux verres dans l'autre. En arrivant devant Sandrelli, il lui tendit un verre, versa une bonne ration de vodka (de l'Absolut citron de Suède, très Russe nouveau riche) dans les deux verres. Il remit la bouteille à Shermann, leva son verre et dit : « *Na zdrovia.* » Ses ongles étaient sales. Gianni avait beaucoup de mal avec les ongles noirs, il n'hésitait pas à le faire savoir à ses hommes qui se négligeaient. La main de Ledmadev, qui avait tenu son verre, lui gâcha l'Absolut.

Le toast fut aussi bref que les salutations. Les Russes étaient pressés, comme toujours. « Le chargement est parti, j'ai appris, dit Ledmadev. Rien d'autre à signaler ? »

Curieux, songea Gianni, comme les Redfellas conservaient, jusqu'en Amérique, les réflexes acquis sous le régime lunatique du Parti et même s'ils en connaissaient depuis si longtemps les méandres. Après avoir maintenu le PCUS en place durant des années, ils avaient autant que Gorbatchev et Eltsine précipité son effondrement. Néanmoins, on aurait dit que toute seconde gaspillée en amabilités demeurait pour eux un temps précieux exposé aux regards du KGB, même si Ledmadev en venait, même si, depuis au moins dix ans, l'ancien fief d'Andropov et de son « fils spirituel » Poutine fournissait à l'économie parallèle russe ses meilleurs moteurs. Comment comprendre ? Ils se comportaient comme de petits truands battus dans leur enfance par un père ivrogne – et peut-être Staline et ses joyeux successeurs étaient-ils justement des ivrognes du pouvoir, surtout Eltsine, un bel ivrogne tout court...

Gianni avait hâte de voir leur embarras, d'en rire à gorge déployée à leur face – sous la protection bien sûr des armes prêtes à faire du boucan derrière lui, il n'avait pas choisi son escorte au hasard.

– Tes hommes te couvrent, dit-il. Mes hommes sont postés tout autour, tu peux les voir. Tes hommes sont armés, les miens aussi, et Sherman a des grenades à la place des couilles. On se parle franchement, on s'entend là-dessus ?

– Parfaitement, dit Ledmadev en souriant.

Son sourire était si large qu'il aurait fallu un scalpel pour l'agrandir. Sandrelli le trouva niais.

– Votre petit détective est un amateur, dit-il. Vous êtes mal tombés, un type qui a des problèmes de personnalité !

Ledmadev se tourna vers Kapaïev, ils échangèrent des regards d'incompréhension. Kapaïev haussa les épaules. Ledmadev revint à Gianni, le fixant d'un air interrogateur.

– Qu'est-ce que vous avez pensé de me mettre un fouille-merde sur les talons ? lança Sandrelli. Il va fouiner chez moi, *à ma maison, dans ma famille* !

– De quoi tu parles ? fit Ledmadev. Moi, je suis venu parler business. Explique vite, je me pose des questions et j'aime pas.

Gianni Sandrelli ne fut nullement rassuré par la discussion qui suivit. Il dut en dire beaucoup plus long qu'il n'avait prévu sur les agissements d'un privé nommé Cavoure. Il fut, ô surprise, plus ou moins amené à conclure à l'innocence des Russes. À leur faire ses excuses !

– Tu as cru que j'avais embauché un détective pour t'espionner, dit Ledmadev, que je ne m'étais pas renseigné *avant* ? Tu me prends pour qui ? À quoi tu joues, Sandrelli ?

Les protestations du Russe parurent aussi convaincantes qu'inquiétantes. Il n'avait jamais entendu parler de Cavoure, il n'aurait jamais mis quelqu'un aux trousses d'un membre de la famille Sandrelli. Gianni voulait-il qu'ils s'en chargent ? Ils repartaient dans quelques heures, ils ne laisseraient pas de traces…

Fut-ce naïveté de sa part ou sublime perfidie de Ledmadev, Sandrelli le crut. Pour sauver la face, pour cacher son agacement, sa colère, il amplifia certaines complications mineures. Gianni Sandrelli dut faire du théâtre, protester à son tour de sa bonne foi, prendre sur lui sa méprise ! Son humiliation lui brûlait la peau. Les Russes ne cherchèrent pas à en tirer profit – sur le coup, du moins, car ils ne tarderaient pas à lui remettre les narines dans ses soupçons, il le savait et eux aussi. Pourvu qu'ils ne se mettent pas en tête de vouloir renégocier. Non, les chargements étaient en route, les transferts se faisaient. Venait-il cependant de brûler l'avenir ?

Gianni sortit de l'entrepôt mortifié. À cause d'un gratteur de fonds de poubelles, sa réputation était ternie, il était blessé dans son intégrité, dans son *honneur* ! Il était peut-être de la vieille école, mais on ne touchait pas à son honneur. Il fut brutal avec ses hommes, insista pour prendre le

volant et claqua la porte de la voiture. Il alluma
la radio et entendit une sorte de valse à la Rieux !
Merde, il était dans la BM de sa femme, c'était
sa radio, sa femme raffolait de cette musique !
Il éteignit le sirop, il conduisit trop vite, mal,
occupé à des songeries pénibles, préparant sa
vengeance. Il s'était trompé. Qui était Cavoure,
pour qui travaillait-il ? Il ne pouvait croire que
les Giambotti refaisaient surface, pas après tant
d'années… Alors qui ? Il ferait couiner ce petit
rat avant de le faire disparaître, et comment !

Vingt-huit

– Enfoiré ! Tu mérites une tornade de claques ! Lucio t'a donné l'ordre de l'amener au poste, point, pas les pieds devant ! Comment je vais le faire parler maintenant ?

– Je n'ai pas fait un bruit, patron ! Il a bougé, il a tourné la tête, il avait un tube noir dans sa main. Il était dans l'ombre, je l'ai tapé…

– Avec une barre de fer ! Tu étais armé, pourquoi tu l'as tapé ? J'ai vu la cassette. Il tenait des jumelles, imbécile ! À cause de toi, il est mort, on ne peut plus le suicider maintenant !

Tony, si fort, si grand, se faisait tout petit devant lui, on aurait dit qu'il voulait ajuster sa taille aux dimensions de sa cervelle.

– Pourquoi pas ? demanda-t-il faiblement, ne sachant comment cacher sa honte.

– À cause du trou qu'il a dans le crâne, comme toi, espèce de débile ! À cause de la lividité cadavérique ! Évidemment, ça ne te dit rien. Tire-toi, je ne veux plus te voir !

– Patron, c'est un accident… C'est quoi, la lividité ?

– Disparais ! Lucio, sors-le d'ici, sa vue me fait mal aux yeux. Dis à Paolo de venir.

Paolo entra immédiatement.

– Où est le corps ? lui demanda Gianni Sandrelli.

– Dans le hangar. Personne n'a rien vu, rien entendu, on l'a traîné derrière les arbres. Après on a arrosé les traces de sang, une bonne pluie et le tour est joué. On va le balancer dans le lac, mais il faut attendre la nuit, il y a trop de voiliers aujourd'hui.

– À quelle heure il est mort ?

– Vers trois heures. Il a continué à respirer durant une heure, mais il n'a jamais repris connaissance.

– Déjà une heure, c'est trop. Commencez tout de suite à retourner le corps à tous les quarts d'heure. Quand je ne suis pas là pour m'occuper de vos sottises… Je ne dis pas ça pour toi, heureusement que tu étais là. Maintenant, il faut le retourner sur le dos et sur le ventre aux quinze minutes. Fais-lui entrer de l'eau dans les poumons, ça presse ! De l'eau du lac, pas du robinet, et prenez un tuyau en caoutchouc, n'allez pas lui mettre du plastique dans le nez, compris ? À l'autopsie, je ne veux pas que le médecin se pose des questions. Passe au garage, demande un tuyau à Santo. Ne lui dis pas pourquoi. Fais-toi aider par Alberto. Si on fait vite, s'il reste dans l'eau quelques jours, le médecin va dire que Cavoure a été frappé par un bateau.

C'est le mieux qu'on peut espérer, un doute. Il est un peu tard pour le faire parler !

– OK. On a trouvé sa voiture sur Pinetree. Pas sa Nissan, il avait loué une Neon, il avait les papiers sur lui. Elle est déjà partie, Frank et Vito vont la laisser à l'île Bizard. Il y avait un Polaroid et des photos de la rue dans la voiture, on les a ramassés.

– Dis-leur de le tourner, va chercher le tuyau. Je te revaudrai ça, Paolo.

– Patron… Tony a gaffé, mais il l'a suivi avec Frank depuis ce matin, ils n'ont pas perdu Cavoure de vue un instant, sinon quand il est entré sur le terrain, deux ou trois minutes. Tony m'a appelé régulièrement, l'autre n'a jamais rien vu. Ils ont fait du beau travail…

– On en reparlera. Va voir Santo.

Sandrelli rêvait de sortir la famille des caniveaux, il avait déjà les deux pieds dans la porte des ligues majeures. Le moment était idéal, la police ne pensait qu'aux motards. Mais comment faire le pas décisif avec des cruches comme Tony, des cervelles à deux vitesses, *slow* et *stop* ? Parfois il perdait courage. Il aurait voulu se trouver ailleurs, loin, n'importe où…

Vingt-neuf

– *Piano !* N'oublie pas que Tony est ton petit-fils, je le garde pour te faire plaisir. Même pas, je le garde pour nous protéger, sinon il ferait une bêtise et il se ferait attraper en vingt-quatre heures, il se mettrait à table pour s'en sortir. C'est ça, ton Tony, une cervelle d'oiseau dans un corps de cheval. Au moins, Cavoure va nous laisser tranquilles. Son bureau a été passé au peigne fin. Alberto est en train d'examiner son disque dur et ses disquettes, on a vidé le classeur, ses papiers sont ici. Dans une heure ou deux, je devrais en savoir plus.

– Tu étais si sûr que c'étaient les Redfellas. C'était stupide.

– Tu gardes tes félicitations pour toi ou je claque la porte. Compris ?

– …

– Tu as compris ? Tu penses que Michele ferait mieux ? C'est son imbécile qui a tué Cavoure. Tout ce qu'il a au dernier étage, c'est un courant d'air, et je suis obligé de faire avec.

– Je m'excuse…

Le grand « Sandy » Sandrelli qui demandait pardon à son fils ! Gianni devait le prendre sans pousser son avantage. Il n'avait aucun intérêt à humilier son père à son tour, encore moins en ce moment où il avait besoin de ses conseils. C'était lui-même qui avait conclu à une fourberie des Russes, pas Tony, pas Paolo ou Dino, personne d'autre que lui. Il s'était gouré, inutile de bloquer la discussion sur son erreur. Chaque fois qu'il parlait à son père, il devait penser vite, le vieux n'était pas devenu Sandy Sandrelli en vertu d'un alignement des astres.

– *Va bene*. Non, il ne travaillait pas pour les Russes. Alberto a trouvé mon nom dans l'ordinateur, un dossier au nom d'une Myriam Sarti… Sarfati. Une cliente de Cavoure et il y avait mon nom. Dans son télécopieur, il y avait une feuille à mon sujet qui venait de Pinkerton.

– Tu trompes ta femme ? Et tu ne veux pas que je…

– Je ne trompe pas Luisa. Je ne la connais pas, cette Myriam, je n'ai pas touché à une femme depuis trois mois.

– Même pas Luisa ?

– Ça ne te regarde pas. Je te parle de Myriam Sarfati. Elle aurait demandé à Cavoure d'enquêter sur moi. Personne ne sait d'où elle sort. On va la retrouver, Alberto est en train de vérifier. Si elle était Russe, elle s'appellerait Sarfatieva, Sarfatova…

– Elle est Juive. Portugal, Espagne, Afrique du Nord. Elle peut aussi venir d'Italie ou des Pays-Bas, il y a un parc Sarphati à Amsterdam.

C'est un nom séfarade. Qu'est-ce que tu fabriques avec une Juive ?

– Je ne fais rien, je ne savais même pas qu'il y avait des Sarfati en ville ! Alberto continue de chercher, il nous le dira tout à l'heure. *Pazienza!*

– Alors qu'est-ce qui se passe ?

– Il ne se passe rien. Ledmadev va payer et nous avons livré la marchandise, du *top* de Cali. Tout baigne dans l'huile, t'occupe pas. Ils sont ravis, les missiles sont en route.

Sandrelli fils n'avait pas tort d'afficher sa confiance. La marchandise avait été dissimulée dans un chargement de paquets de café emballés sous vide dans du papier métallique hermétique ; tous les paquets « intéressants » avaient été trempés dans des chaudrons de café froid très fort, un mélange imbuvable on ne peut plus aromatique de robusta et de moka, puis soigneusement séchés ; les détecteurs, animaux ou électroniques, n'y verraient que de la brûlerie ! Le navire avait déjà quitté Rotterdam et franchi le canal de Kiel, il voguait vers Saint-Pétersbourg. De là, le café se rendrait à Podolsk, une cité industrielle au sud de Moscou.

– Si les missiles sont interceptés, tu fais quoi ?

– C'est leur problème. Ils auront quand même la coke et ils ont des dollars plein les poches !

– Et si le chargement est saisi ?

– *No, no, Nino!* Ledmadev a payé cher, il a pris ses précautions, le chargement se rendra à destination. De toute façon, à partir de la Baltique, la marchandise ne nous appartient plus. Tu vois, le contrat parfait, nous sommes protégés de tout côté. Je n'ai rien fait là-dedans, je n'ai jamais vu les missiles, je t'ai déjà tout expliqué. Je suis allé à Zurich, deux fois à New York, une fois à Aruba avec Paolo pour les tests, le reste s'est fait au téléphone et on empoche une commission de soixante-dix millions. Ça fait cher de l'heure ! Tu as entendu parler de Mobiline ?

— Non.

— Ils fabriquent du meuble haut de gamme, leurs ventes aux États-Unis ont doublé l'année passée. Les actions sont nettement sous-évaluées, ils vont signer une entente avec Sears-Roebuck dans deux semaines. Cent cinquante nouveaux emplois, il va y avoir deux ou trois ministres à la conférence de presse. J'ai un homme au conseil d'administration. J'achète du Mobiline, je laisse le prix grimper et je revends, profit d'au moins deux ou trois millions en quelques semaines ! Après j'entreprends Hematech, une compagnie de Laval basée en Floride, ils vont vendre un vaccin à Squibb. Je paie mes contacts et j'attends. On va avoir du liquide comme on n'en a jamais eu !

— Bon, tu paies tes vieux copains de McGill. Myriam Sarfati, c'est qui ? Tu ne réponds pas…

— Je te l'ai dit, je n'ai jamais entendu parler d'elle. Je le saurai dans une heure ou deux.

— Elle est un danger pour toi maintenant.

– Elle m'a mis Cavoure au train et elle va apprendre qu'il est mort, j'y ai pensé. Lucio et Paolo ont bien travaillé, ils ont laissé sa Neon loin d'ici. Il a loué une voiture alors qu'il a une Nissan neuve. Je t'assure, c'est un type minuscule, pas dangereux. La Neon est maintenant perdue sur l'île Bizard et, au moment où on se parle, le corps s'en va dans le lac. Il refera surface à Sainte-Marthe ou à Varennes. Tony a été stupide encore une fois, je voulais le faire parler, mais la gaffe a été réparée, tout est propre, personne n'a rien vu.

– Ils vont l'examiner de près quand ils vont le trouver. Tu ne pourrais pas le faire disparaître ? On doit bien avoir une cave à couler quelque part.

– Ça prend des hommes, il y en a déjà trop qui sont au courant. T'inquiète pas, je l'ai fait préparer. Quand ils vont le repêcher, ils vont avoir du mal à tirer des conclusions.

Qui était Myriam Sarfati, se demanda Sandrelli en traversant chez lui. Il l'apprendrait. En quoi pouvait-il intéresser une Juive, pour l'amour du ciel ?

Il traversa chez lui et embrassa sa fille Gabriella, qui partait. Vingt-trois heures et elle sortait... Elle prit la BM de Luisa. Il devrait bientôt lui acheter sa propre voiture. Sûrement pas une BM ou une Audi, même pas une Volkswagen. Pas d'allemande pour Gabriella. Elle sortait un peu avant minuit, rentrait tard le matin, dormait jusqu'à l'heure du souper. Une Cavalier ou une petite Toyota, pas plus. Une Neon, pourquoi pas ? Il adorait sa fille, il avait seulement hâte qu'elle se trouve, alors que Luisa dorlotait son inertie. Il aurait aimé partir en voyage avec Gabriella. C'était impossible, de toute façon elle n'aurait jamais accepté. Elle était trop occupée à se gaspiller.

Trente

En sortant de sa séance chez Judith Desbiens, la psychologue, Myriam était épuisée. Elle aurait dû aller faire un somme, sauf qu'elle avait des pensées à chasser, elle avait besoin de distraction. Au lieu de rentrer à la maison, elle se dirigea vers l'avenue du Mont-Royal où il y avait une vente de trottoir. Rien de mieux qu'une paire de chaussures pour remonter le moral d'une fille, ou une blouse, même un bijou pas cher.

La rue était pleine de monde. Miraculeusement, il faisait beau. C'était classique, chaque fois qu'il y avait une vente de trottoir avenue du Mont-Royal, il pleuvait pendant trois jours, les commerçants passaient leur temps à recouvrir et découvrir leurs étalages, seuls les restaurants faisaient de bonnes affaires. Aujourd'hui, le soleil brillait, pas un nuage n'assombrissait l'humeur des caisses enregistreuses. Les gens portaient des sacs et marchaient lentement, il y avait de la musique dans la rue. Pour oublier ses soucis, l'anonymat d'une chasseuse d'aubaines dans une foule lui parut parfait.

Elle s'accorda une heure. Dix minutes plus tard, elle avait acheté des tongs (voilà pour les chaussures) et des draps en percale d'un joli motif. Elle se dirigea vers les tables d'un bijoutier. Le marchand l'entreprit et se mit à vanter ses prix, la qualité de sa marchandise. Elle s'éloigna sans répondre. Un peu plus loin, un autre bijoutier s'était répandu dans la rue. Son étalage était plus achalandé, elle pourrait regarder un moment en paix avant de se faire happer par un vendeur insistant. Les montres pour les femmes étaient décevantes, elles avaient presque toutes des bracelets en métal qu'elle n'aimait pas. Elle vit par contre une très jolie montre pour homme, trotteuse, bracelet en cuir véritable, mouvement au quartz, quinze dollars taxes comprises. Elle l'acheta. Félix serait content. Il détestait les ventes de trottoir, il détestait magasiner en général (il préférait voler dans les magasins, c'était plus excitant).

Elle avait chaud. Elle était habillée pour rencontrer sa psychologue, non pour déambuler au soleil. Elle s'arrêta à une table, à l'ombre d'un parasol, et sirota une bière en regardant les gens.

Beaucoup de femmes poussaient des bébés, parfois côte à côte en jasant. Elle vit avec attendrissement une petite fille à la peau noire, adorable, qui passait. Son regard se déplaçait de tout côté, c'était certainement sa première vente de trottoir et elle en recevait plein ses jeunes prunelles. Ses boucles noires décorées de deux rubans blancs entouraient un visage de joie parfaite, elle portait une jolie robe blanche et rose et l'un de ses petits pieds était nu. Myriam lui envoya la main et la petite fille la salua en riant, heureuse ; sa mère, une Blanche, se tourna vers Myriam et lui sourit. Ma foi, ne serait-ce que pour ces doux sourires, elle avait bien fait de ne pas rentrer à la maison. Un moment de petit bonheur qui fait la vie.

Avait-elle été adoptée, cette enfant noire d'une femme blanche, ou le père était-il Haïtien, Jamaïcain, Africain ? Quelle importance, elle était gaie, elle était aimée.

Judith avait été loquace aujourd'hui. D'habitude elle écoutait, elle laissait Myriam s'empêtrer dans ses silences ou son babillage, une autre forme de silence, elle s'était toujours montrée « compatissante sur un mode neutre », mais tout à l'heure elle avait fait ce qu'elle appelait une « mise au point ». Myriam avait été secouée.

– Vous allez finir par me convaincre que les béhavioristes n'ont pas entièrement tort, avait-elle dit. Skinner n'est pas mon idole, vous le savez, mais maintenant il faut du mouvement dans votre vie. Pas que « ça bouge », mais que *vous* bougiez. Vous avez embauché un détective pour trouver votre père. C'est une forme d'acte, mais vous comptez encore sur quelqu'un d'autre pour avancer. Il vous faut sortir de ce recours aux autres, qui est une forme de dépendance, d'abdication. C'est votre tâche à vous de refaire

surface. Les autres peuvent vous servir de bouées,
mais c'est à vous d'agiter les mains, les pieds,
de vouloir retrouver l'air. Ce n'est pas parce que
vous êtes une enfant adoptée que vous n'avez
plus de responsabilités envers vous-même. Vous
avez été adoptée une fois, un jour, le temps de
quelques signatures, pas pour la vie !

Et ainsi de suite. Quand Judith parlait, il
était sage d'écouter. Myriam prit une gorgée
de bière et regarda les passants dans la rue. Un
jeune homme, coiffé d'une casquette et vêtu d'un
t-shirt qui lui allait aux genoux, à la même hauteur
que la fourche de son vaste pantalon, laissa
tomber un emballage de McDonald's au sol. Il
était à deux pas d'une poubelle. McDonald's
faisait face à des poursuites de personnes obèses
aux États-Unis et s'en frottait les mains, l'affaire n'irait pas loin. Le jour où l'on poursuivrait
McDonald's parce que ses restaurants étaient responsables de la plus grande pollution des voies
publiques en Amérique du Nord, loin devant les
journaux de tout acabit, peut-être que ses diri-
geants se frotteraient enfin les yeux et le menton
plutôt que les mains.

Bonté, tout enfant imagine avoir été adopté
à un moment ou un autre et cela s'appelle le
roman familial. « Un jour, un millionnaire
grand et beau, austère mais affable, et sa femme
souriante et très élégante, enveloppée de voiles
et portant un ravissant chapeau, viendront me
chercher et m'emmèneront dans une très grande

voiture et tout le monde saura qu'ils sont mes vrais parents, que tout ce qui a précédé a été une grossière erreur. » Elle-même, vers l'âge de sept ou huit ans, avait rêvé d'un prince et d'une princesse qui viendraient la sauver de David et Simone Sarfati, de sa vie sans gloire dans une « maison des vétérans » de la rue Saint-Zotique et, bien entendu, ces nobles et riches personnes étaient d'une beauté céleste. Quelle ironie que d'apprendre, plus de vingt ans plus tard, qu'au fond elle ne se trompait pas en s'imaginant qu'elle avait été ravie, ou adoptée, que « ses parents » ne lui avaient pas donné la vie… Le prince et la princesse de ses rêves avaient juste-ment été David et Simone. Ils n'étaient même plus là pour défendre leur amour, elle leur parlait souvent et plus jamais ils ne répondaient. Elle ne pouvait plus prendre le téléphone et dire « allô maman, allô papa, c'est moi ». Ils auraient dû être là pour l'épauler, ils l'auraient écoutée, consolée, rassurée, ils l'auraient serrée dans leurs bras aimants, ce prince et cette princesse, et ils l'avaient au contraire abandonnée. Elle n'avait pas voulu de cette nouvelle mère, de ce nouveau père, et sa contrariété l'obligeait à les chercher, à les connaître – sa mère par son père, s'il le fallait, puisqu'elle n'était plus de ce monde.

Félix avait raison de dire qu'elle s'obstinait. Judith aussi, tant qu'à y être. Pourtant elle saurait.

Elle se leva, marcha vers la voiture en pensant encore à la petite fille dans la poussette, à son sourire, à son geste de la main qui l'avait chavirée. Espérons que Félix aimera sa montre.

Trente et un

— Je souffre de dépendance affective, voilà mon problème.

— Voyons, chérie, tu regardes trop de télévision. En plus, ce n'est pas flatteur pour moi, si tu me vois comme ta cocaïne !

— Ce n'est pas ça que je veux dire. Toi, tu es mon coco.

— Oui certain. Ça n'existe pas, la dépendance affective, Myriam, c'est un truc pour vendre des livres à la télé l'après-midi. Ou alors ce n'est pas une maladie, c'est une bonne chose. Aimer, *c'est* dépendre de la personne aimée, au départ. Moi, je dépends de toi et je ne me sens pas infirme, je *veux* pouvoir compter sur toi.

— Moi aussi, même si je suis un paquet de trouble. Pourquoi est-ce que tout le monde parle de dépendance affective, d'abord ?

Félix contint son irritation. Myriam avait parfois des poussées de crédulité dans l'épreuve, sentant par exemple un besoin de croire en l'âme immortelle des parents qu'elle venait de perdre (et par voie de conséquence en la sienne), il lui arrivait de lire des articles sur les anges, des sornettes « néovales ». À ce chapitre, il lui accordait tous les droits et la foi était rarement un sujet de discussion entre eux, lui se contentait d'être un mécréant indécrottable. Si les croyants se donnaient la peine de comprendre que si Dieu, les anges et les morts nous écoutaient et nous accompagnaient, cela signifiait également qu'ils nous voyaient manœuvrer sur la toilette ou nous jouer dans le nez, sans doute que beaucoup d'entre eux se poseraient des questions troublantes. Au moins, quand Myriam avait des flambées de foi, elle se contentait de croire en Dieu. Félix trouvait sots ceux qui « croyaient » sans pouvoir dire exactement en quoi, en Quetchose, en Kekun, comme en une divinité aztèque. Seulement, il trouvait beaucoup moins drôle qu'une psychologue se permette d'abuser de la naïveté de Myriam !

– Parce que c'est commode, dit-il. Au lieu de se regarder franchement et de se prendre en main, les gens aiment mieux se faire dire qu'ils souffrent d'une dépendance. « Affective », c'est la meilleure, la plus dorlotante. Ce n'est pas leur faute s'ils sont malheureux, s'ils ont peur de la vie, ils sont fragiles, ils souffrent d'un mal vague qui explique leur misère, ils blâment les autres d'en profiter, ils donnent des témoignages de victimes. La dépendance affective, c'est comme l'astronomie de Ptolémée, tu te rappelles, les pirouettes et les steppettes que les astres faisaient dans le ciel pour que leurs orbites aient l'air circulaire. C'était commode, ç'a duré quinze cents ans. La psychologie de télévision ou les épicycles de Ptolémée, c'est pareil, des fantaisies de camouflage. Tu n'as pas parlé de dépendance affective avec ta psychologue, au moins ?

– Cet après-midi.

– C'est ce que je pensais ! Elle regarde trop de télévision, elle doit enregistrer Oprah à la maison pendant qu'elle t'écoute. J'en suis un, moi, un « dépendant affectif », et j'en suis bien content. J'ai des problèmes comme tout le monde, mais pas parce que je t'aime.

– Enfin, elle n'a pas parlé de dépendance affective, elle a parlé d'une « forme de dépendance ». Elle a dit que j'avais tendance à compter sur les autres pour régler mes problèmes, que je devais chercher à cultiver mon autonomie.

– Ah ! ce n'est pas du tout la même chose !

Sans le montrer, Félix éprouva un immense soulagement. Tout en disant le fond de sa pensée, il trouvait peu souhaitable et même risqué d'affaiblir le lien de confiance qui s'était établi entre Myriam et Judith Desbiens, dont il s'était réjoui et qui était sans doute l'ingrédient essentiel du succès de leurs rencontres, et en même temps il n'aurait pas voulu (et aurait mal toléré) que la sérénité retrouvée de Myriam repose sur un mensonge. Il comprenait maintenant que Myriam s'était mal exprimée, qu'elle s'était accrochée aux lieux communs du temps pour dire ses sentiments, et que lui-même s'était jeté trop vite sur des conclusions fausses. En réalité, il venait de manquer de confiance en Myriam. Il s'en sentit honteux, mais n'allait pas le lui dire, elle n'avait nul besoin en ce moment de gérer en plus ses états d'âme et ses fautes à lui.

— Félix, je ne suis pas en train de dire que j'ai des problèmes parce que je t'aime. Peut-être que la dépendance affective c'est de la chnoute… je ne suis pas sûre. Moi non plus, je n'aime pas beaucoup me regarder, c'est difficile. À un moment donné, ça nous rattrape, j'ai frappé un mur.

— Sans blague ? Fais voir un peu. Il y a un trou pour passer ?

— Nono ! C'est quoi, tes problèmes ?

— Rien de bien grave. La Rouleau, mes dessins, je n'ai pas de contrats le mois prochain sauf la table pour Pierre. Je vais en profiter pour finir ma commode, je la vendrai bien à quelqu'un. Une commode Félix Comtois, signée et datée…

— Toi, au moins, tu *fabriques* ce qui te fait vivre, des objets qui durent. Te rends-tu compte de ta chance ? Moi, j'aimerais avoir un enfant. Tu ne voudrais pas qu'on fasse un enfant, quand tout ça va être fini ? Une fille, un garçon, je te laisse le choix !

— On peut prendre les devants ! Dans neuf mois, ton détective va avoir réglé ça depuis longtemps. J'ai lu une perle dernièrement : « L'amour est un organe qui permet au cœur de battre. » Organons !

— Il faut d'abord que j'arrête la pilule, mon coco.

– Et après ? On peut se pratiquer…

Le téléphone sonna. Il était presque minuit.

– Qui peut appeler à une heure pareille ? demanda Myriam.

Pour toute réponse, Félix tendit le bras vers le téléphone.

– Pour toi, dit-il.

– C'est qui ? demanda Myriam,

Félix haussa les épaules en lui tendant le combiné.

– Allô…

– Bonsoir. Je suis Marianne Cormier. Vous êtes Myriam Sarfati ?

– Oui.

– Je m'excuse de vous déranger si tard. Je suis la compagne d'Alain Cavoure. Il ne serait pas chez vous par hasard ?

– Non… Je l'ai vu hier, il devait m'appeler aujourd'hui, mais je n'ai pas eu de ses nouvelles.

– Moi non plus. Il n'est pas rentré, il n'a pas appelé. Je me demandais si vous saviez où il peut se trouver.

– Non. Pourtant on devait se voir en fin d'après-midi. J'ai appelé deux fois au bureau et il n'était pas là.

– Moi aussi, j'ai appelé souvent. Le répondeur ne fonctionne même pas, vous avez remarqué ? Je commence à m'inquiéter.

Félix s'était redressé dans le lit. Myriam lui fit signe d'attendre une minute.

– Aujourd'hui, il devait découvrir l'adresse de quelqu'un, de mon père, vous êtes peut-être au courant ?

– Alain m'en a parlé, dit Marianne. Je vais faire un tour au bureau, je ne suis pas tranquille. Excusez-moi de vous avoir dérangée si tard.

– Il n'y a pas de quoi. Vous pouvez rappeler tout à l'heure si vous avez du nouveau. En fait, je préférerais, s'il vous plaît.

Elle consulta Félix du regard. Devinant de quoi les deux femmes parlaient, il approuva vigoureusement.

– Entendu. Excusez-moi, bonne nuit. Ou je vous rappelle tout à l'heure…

Myriam raccrocha, consternée, et raconta en bafouillant la conversation à Félix. Il aurait voulu la rassurer, mais l'éclipse de Cavoure lui compliquait la tâche. Il se rappelait avoir trouvé curieux, lorsque Myriam avait appelé en fin d'après-midi, que Cavoure ait « fermé » son répondeur.

– Ne partons pas en peur, dit-il. Elle va rappeler ?

– Je pense, j'espère…

Le téléphone sonna vingt minutes plus tard.

– Marianne Cormier. Je suis au bureau d'Alain. Son bureau a été cambriolé, tout est à l'envers. J'ai appelé la police. Il y a des papiers partout. Vous pouvez me renseigner sur l'enquête qu'il menait pour vous ? Il va falloir que j'en parle à la police…

– Attendez, je peux être là dans une quinzaine de minutes. La police voudra me parler aussi.

– Il est passé minuit…

– Je ne pourrais pas dormir de toute façon. J'arrive.

Myriam raccrocha et sauta du lit.

– Vite Félix ! Le bureau d'Alain Cavoure a été cambriolé, sa femme est là, elle a appelé la police. Il s'est passé quelque chose de grave, j'en suis sûre. Habille-toi !

Trente-deux

Une Caprice du SPCUM était stationnée en double file dans la rue, devant le bureau de Cavoure, gyrophares allumés. « L'art d'être discret ! lança Félix. Regarde, il y a une place libre, mais non, les cruches se parquent au milieu de la rue, en pleine nuit ! » Immanquablement, quand ils émettent une contravention, les flics s'arrêtent au milieu de la rue pour écœurer les autres contrevenants potentiels, tout le monde étant né avec le péché originel. Myriam ne dit rien. Ses pensées étaient ailleurs.

L'ennui était que Félix l'aurait prise, cette place, si la voiture des policiers « stationnée » en avant n'en avait pas bouché l'accès. Il contourna la Caprice en maugréant, prêt à refaire le tour du bloc. Il freina brusquement.

– Voyons, je vais me placer en arrière ! s'exclama-t-il. Ils ne pourront pas dire que je bloque la rue !

Il recula, alluma ses feux d'urgence. À une heure du matin, il était douteux qu'une patrouille lui flanque une contravention. Les employés de la ville dorment en plein jour, alors la nuit !

Myriam sonna et une policière vint lui ouvrir. Une autre femme la suivait, qui se présenta aussitôt.

– Vous êtes Myriam ? Marianne Cormier. Entrez.

Le bureau était sens dessus dessous, un fouillis complet. Rien n'était fracassé, la porte n'avait pas été forcée, les cambrioleurs n'avaient pas tout cassé. Seulement, les classeurs et le bureau avaient été vidés, les tiroirs étaient par terre, renversés, leur contenu éparpillé, des papiers et des chemises couvraient le sol et portaient les traces des chaussures des policiers et sans doute des voleurs. Marianne regardait le spectacle et soupirait. Myriam ouvrait grand les yeux et ne disait rien. Félix lui prit la main. Marianne leur dit que la cassette du répondeur était disparue, ce qui expliquait… Le ventre de l'ordinateur était exposé ; la capote en avait été enlevée et reposait à côté sur le bureau. Partout dans l'appartement, les stores étaient baissés. Cavoure n'y avait sans doute pas mis les pieds depuis midi, puisque le facteur passait normalement vers onze heures et que Marianne, après avoir ouvert la porte, avait trouvé le courrier sur le tapis – dans un curieux désordre. Elle n'y avait pas touché en entrant, mais après avoir appelé la police et Myriam, elle était retournée prendre les lettres à l'entrée. Elle avait trouvé curieux de voir le dernier *Time* à trois pieds de la porte. Les facteurs ont beau avoir le poignet souple… Comprenant trop tard que quelqu'un avait examiné le courrier avant de le rejeter par terre, elle s'était reproché de l'avoir ramassé. Évidemment, à en juger par les dégâts qu'ils avaient laissés derrière eux, les cambrioleurs n'avaient pas cherché à effacer les traces de leur passage. Qu'un magazine se trouve sous la fente ou dans le corridor... Il pouvait néanmoins s'y trouver des empreintes.

Après une rapide inspection, les policiers appelèrent un détective, car Marianne venait de leur signaler également la disparition de Cavoure. Les cambrioleurs n'étaient pas des amateurs du quartier : ils s'étaient introduits par la porte d'en avant en crochetant les serrures, le cadre ne portait aucun signe d'effraction. La manœuvre demandait de la rapidité, des outils rares et de l'adresse. Cavoure n'avait pas de système d'alarme au bureau : les fenêtres grillagées et le pêne dormant lui avaient semblé suffisants. Et les voleurs avaient filé par la cour. Aucun bris là non plus, pour la bonne raison que la clef était dans la porte. Ne jamais laisser la clef dans une serrure, rappela la constable Beauregard. Le verrou de la clôture était tiré. Le téléviseur et les appareils électroniques étaient à leur place, comme le matériel de bureau et la collection de disques compacts ou le téléphone, relativement coûteux, ainsi qu'un appareil photo Olympus et un assortiment d'objectifs laissés dans une armoire qui avait été fouillée. Les voleurs avaient réussi à ouvrir le petit coffre-fort qui contenait un Smith & Wesson

et un permis, ils disposaient donc d'outils sophis-
tiqués. Ils avaient cependant emporté le pistolet,
ne laissant que l'étui. On pouvait conclure que
les voleurs cherchaient un objet ou un document
précis, puisqu'ils ne s'étaient pas embarrassés du
reste, ne s'étaient même pas souciés de déguiser
leur fauche en banal cambriolage.

Le disque dur de l'ordinateur déshabillé
était disparu, enlevé fort habilement par un
connaisseur qui avait pris soin de ne rien endom-
mager. Les vis et des composants reposaient près
du clavier. Marianne se rappelait qu'Alain possédait des disquettes ; elles avaient toutes disparu,
sauf une boîte de disquettes vierges. Après vérification auprès de Bell, la constable Beauregard
avait établi que le dernier appel téléphonique en
était un de Marianne et que le dernier document
reçu par le télécopieur, à quatorze heures quatre,
venait des bureaux de Pinkerton à Montréal. Le
panier ne contenait aucun document. Au matin,
un agent se rendrait chez Pinkerton.

Le sergent-détective Bigras sonna à la porte
et donna d'abord des instructions aux deux
agents : fouiller les pièces pour trouver des dis-
positifs d'écoute. Un cambriolage peut parfois
servir à dissimuler une opération plus subtile,
l'installation de micros ou le bricolage des lignes
de communication, surtout lorsque des objets de
valeur n'ont pas été emportés. Pendant que les
agents examinaient les appareils, les luminaires,
chaque recoin du bureau, il interrogea Marianne

et Myriam. Elles racontèrent ce qu'elles savaient des dernières activités d'Alain Cavoure. Le policier s'était d'abord proposé de les interroger l'une après l'autre, mais Myriam s'interposait sans cesse pour compléter l'information donnée par Marianne, apporter une précision. Bigras adressa alors ses questions aux deux femmes à la fois, auxquelles elles répondaient tour à tour. Félix écouta surtout, se bornant à ajouter quelques petites précisions sur les dates ou d'autres détails lorsque Myriam hésitait.

La constable Beauregard (qui avait comme par hasard de très beaux yeux, observa Myriam) vint annoncer au sergent-détective que l'appartement était propre, aucun micro nulle part. Avant de partir, elle recommanda à Marianne de prendre des photos en vue d'une éventuelle réclamation à l'assureur. L'Olympus était chargé, dit-elle, le flash était dans l'armoire. Les policiers glissèrent les pièces du courrier dans des enveloppes de plastique, prélevèrent les empreintes sur la capote de l'ordinateur. Félix sortit avec eux et, après leur départ, rangea la voiture dans l'espace libre, le long du trottoir.

Il eut le cran de leur demander pourquoi les policiers se garaient toujours en double file, il voulait en avoir le cœur net. « Pour des raisons de sécurité », lui répondit la constable Beauregard. La voiture protégeait le constable en pourparlers avec un automobiliste, le stationnement en double file empêchait aussi des contrevenants de reculer dans une voiture et de déguerpir, et pour un appel de nuit, les policiers évitaient de s'arrêter directement devant l'adresse signalée – une personne armée pouvait les attendre. Après avoir rangé la voiture, Félix marcha, le cœur abondamment lavé, vers la porte de Cavoure : il n'en voulait pas tant. Drôles de circonstances pour entendre leurs explications, songea-t-il. En vérité, drôles de circonstances pour poser une telle question. Évidemment, en matière de double file, la crème à fouetter des crétins était le type arrêté au milieu de la rue à deux mètres d'un trottoir complètement dégagé. Un jour, il était tombé sur un imbécile qui s'en souvenait sûrement encore. Le bougre avait à peine laissé de la place pour une Harley-Pédalson et juste en avant, la rue aurait pu accueillir trois limousines l'une derrière l'autre. Il avait d'abord klaxonné. Rien, personne. Il avait finalement réussi à passer en rabattant ses rétroviseurs, mais non sans avoir pris un tourne-vis dans la boîte à gants et sorti le bras. Il avait creusé un splendide témoignage de son passage, extrêmement décoratif, d'un pare-chocs à l'autre d'une Mazda sport flambant neuve – et éprouvé un contentement indicible.

N'importe quoi pour ne pas penser à la réalité. Myriam n'allait pas être un cadeau au cours des prochains jours…

Marianne prenait des photos. Le flash ne fonctionnait pas. Félix examina l'appareil, ouvrit le flash.

– Il n'y a pas de piles, dit-il. Attendez.

Il trouva le fil de recharge dans l'armoire, le brancha sur le flash et inséra l'autre bout dans une prise de courant. Le bouton du flash s'alluma instantanément. Il tenait aussi un grand-angulaire.

– Il faut le recharger après chaque photo, dit-il. Tenez, changez l'objectif, prenez plutôt le 28 mm.

– Oui, vous avez raison. Je m'y connais en photo, j'en fais beaucoup. Excusez-moi, je ne suis pas… Excusez-moi.

Marianne fit des photos. Elle passa dans la cuisine pour prendre l'ensemble de la pièce depuis l'embrasure de la porte.

– Qu'est-ce qu'on fait ? chuchota Myriam à Félix.

– Je ne sais pas…

Marianne débranchait et rebranchait le fil, attendait quelques secondes, prenait une photo. Son visage, chaque fois qu'elle éloignait l'appareil de ses yeux, était d'une tristesse infinie. Ses joues étaient mouillées. Elle les essuyait du revers de la main et continuait. La voyant, Myriam savait qu'il lui était interdit de verser la moindre larme.

– Je voudrais l'aider, dit Myriam.

– Au moins elle n'est pas toute seule. On va l'attendre.

Le seul courage possible était la patience, l'espoir. Tous trois le comprenaient, Marianne qui prenait des photos pour vaincre son inquiétude, parce que la constable Beauregard l'avait suggéré, Myriam et Félix qui la regardaient.

Le désordre coupait court à toute forme d'action : il n'était pas question de se mettre à ramasser à deux heures du matin. Il ne restait qu'à rentrer, à essayer de dormir. Marianne les rejoignit et tendit l'appareil à Félix.

– Vous pouvez enlever la pellicule ? Je ne peux pas...

Des larmes coulaient sur ses joues. Myriam la prit par le bras et la fit s'asseoir dans un fauteuil devant le bureau, lui offrit un mouchoir. Félix s'exécuta et lui remit la bobine.

– Je vous ai entendus dire que vous habitez dans le Plateau, dit Marianne. Nous aussi. Je peux vous demander de me ramener ? Je ne peux pas conduire.

– Bien sûr, dit aussitôt Myriam.

– Donnez-moi vos clefs et montez avec Myriam, ajouta Félix, je vous suivrai dans votre voiture. Demain vous l'aurez chez vous.

Trente-trois

Marianne composa le numéro de l'agence Pinkerton et demanda à parler à la personne qui avait envoyé la veille un message à Alain Cavoure de l'agence Motus. La réceptionniste fit des façons. Marianne insista, il s'agissait d'une question d'une extrême gravité. La réceptionniste lui dit qu'elle se renseignerait et qu'on la rappellerait.

– Je vous en prie, faites vite, dit Marianne.

Dix minutes plus tard, le téléphone sonnait.

– Bonjour. Michel Bourgeois, Pinkerton. Je voudrais parler…

– Merci d'avoir rappelé. Je suis Marianne Cormier. La police est allée vous voir ?

– Bonjour, madame. Oui, j'ai appris ce qui est arrivé.

– Je voudrais savoir ce que vous avez envoyé à Alain hier.

– Euh… il s'agit d'un document confidentiel, vous savez.

– Je suis sa femme. Ça concernait quoi ?

– Vous me mettez dans l'embarras. Je ne suis pas sûr que nous devrions avoir cette conversation.

– Vous avez remis une copie du document à la police, ne pensez même pas à dire le contraire, l'interrompit Marianne. J'en veux une moi aussi. L'information appartient au client, vous le savez parfaitement. Je m'occupe des affaires d'Alain pour le moment, c'est lui qui vous paie, pas la police.

– Écoutez, j'avais de bonnes relations avec Alain. Avez-vous un télécopieur ?

– Oui. À quelle heure avez-vous envoyé votre document hier ?

– En début d'après-midi. Voici ce que je peux faire. Je vais vous l'envoyer d'une boutique à côté, donnez-moi un quart d'heure. Et vous ne m'avez jamais parlé. On se comprend ?

– Parfaitement.

Dix minutes plus tard, le télécopieur sonnait.

Alain,
Voici coordonnées de Gianni Sandrelli et
autres renseignements.
62 minutes (disons 60). À samedi.
Michel B.

GIANNI SANDRELLI

DDN : 3 novembre 1947
NAS : 424 789 127
Adresse : 4, place Harlow, Beaconsfield
Prop. des 4-6-8, pl. Harlow : Luisa Sandrelli
État civil : marié à Luisa Sandrelli, née Villata,
le 16 juin 1973
Enfants : Franco (1975), Gabriella (1979).

CA :   Constructions Sandrelli inc.
       Appartements Casa Bella
       Catania Holdings (Canada) Inc.
       Catania Holdings International Inc.
        (TSX, actionnaire principal)
       2834917 Canada inc.
       874321 Canada ltée

Propriétés : Ristorante Casa Reggina, MTL
             Appartements Casa Bella, MTL
             Restaurant Il Palio, MTL
             Appartement 312-527, Saint-Paul,
             MTL

Plaques d'immatriculation (non exhaustif) :
    WBJ 389, BMW 325 1997 (Luisa Sandrelli,
    ai cherché aussi)
    YRW 107, Mercedes S500 1998
    (Ristorante Casa Reggina)
    SONO IO, Alfa Romeo Spider 1974 (Gianni
    Sandrelli)
    GRD 406, Jaguar S 1998 (Gianni Sandrelli)

Notes :
    1) Pourrais fouiller Catania Holdings et les
       soc. à no, instructions.
       Cf. site www.cataniahol.ca
    2) Liste des propriétés non exhaustive
       (62 min !)
    3) Pas de rapports connus avec la justice
       depuis 1990.

Serai au bureau jusqu'à 17 h 30.

- 30 -

Madame Cormier : envoyé hier à 14 h 03

Marianne lut la page attentivement. Les renseignements lui parurent plutôt anodins. Elle appela Myriam, lui parla du document qu'elle venait de recevoir et lui demanda si elle avait un télécopieur. Oui, Félix en avait besoin pour envoyer des dessins ou des devis à des clients. Myriam lui donna le numéro.

– Toujours pas de nouveau ? demanda Myriam.

– Non, rien.

Elles parlèrent un instant. « Appelez-moi dès que vous apprenez quelque chose, dit Myriam. Merci encore pour le fax. Au revoir. »

Dès que Marianne avait décroché le téléphone, Arlette avait sauté sur ses genoux. La chatte la suivait pas à pas dans la maison depuis la disparition d'Alain. Marianne la frotta dans le cou, sous le menton. Arlette, toute chaude et molle, se mit à ronronner très fort. « Pourquoi, pourquoi ? » lui demanda Marianne.

Trente-quatre

Le surlendemain, le constable Daniel Rousselot vit en rentrant de son quart que la Neon blanche n'avait toujours pas bougé. Une voiture louée d'après la plaque, stationnée depuis au moins deux jours devant sa maison, à l'île Bizard. Le pare-brise était orné d'une contravention. Son instinct fut le plus fort, il appela au poste 2. Il donna à Isabelle le signalement de la Neon et lui demanda de rappeler si elle découvrait quelque chose.

Quinze minutes plus tard, il attrapa le téléphone en sortant de la douche.

— Tu travailles trop vite, dit-il, même plus moyen de prendre une douche en paix !

— Et je travaille bien, tiens ta tuque ! J'ai une mauvaise nouvelle et une pire. Laquelle tu veux d'abord ?

— Isabelle, vide ton sac !

— Dans l'ordre, alors. On a un signalement. C'est probablement une voiture abandonnée, louée chez Discount il y a trois jours pour une demi-journée.

— Ah ! l'instinct !

— Je n'ai pas fini. Elle a été louée par un certain Alain Cavoure. Métier : détective privé.

Sa propre Nissan l'attend depuis trois jours à l'agence. Ça ne te dit rien, Alain Cavoure ?

– Non…

– Il a été porté disparu au poste 37. Le rapport est rentré hier après-midi. Ils ont vérifié ses cartes de crédit, ils ont trouvé la transaction. Il y a une alerte pour la Neon depuis hier soir.

– Je résume, tu m'arrêtes si je me trompe. Un détective privé a loué la Neon chez Discount pour une demi-journée il y a trois jours, il a laissé sa propre voiture dans la cour et ils n'ont plus entendu parler de lui. La nuit suivante, on a signalé sa disparition. Qui a fait le signalement ?

– Sa femme. Tu n'as pas encore entendu le pire. T'es-tu essuyé ou si tu veux prendre une minute ?

– Je suis sec comme un gendarme !

– Qu'il est drôle ! J'ai parlé à Bigras au poste 37. Cavoure travaillait pour une certaine Myriam Sarfati. Je ne sais pas pourquoi ni comment, mais comme par hasard, il enquêtait sur Gianni Sandrelli.

– De la famille du même nom ?

– Exact ! Là, je suis sûre que tu es humide en dessous des bras !

– Et j'ai trouvé ça tout seul en face de chez nous !

– Tout seul, mon œil, Rousselot ! J'ai passé vingt minutes au téléphone. Je vais rappeler Discount.

– Attends ! Rappelle Bigras aussi, il faut d'abord passer la voiture au peigne fin. Interdit que Discount y touche avant les techniques, ils vont tout effacer. On a un disparu, maintenant. Le chef est encore là ?

– Je pense, je l'ai vu il y a cinq minutes.

– Va lui parler tout de suite, c'est lui qui devrait rappeler Bigras. OK ?

Rousselot raccrocha, alla à la fenêtre et fixa la Neon blanche. Pour une trouvaille, c'en était une ! Et pour une nouvelle, Isabelle était vite sur ses patins. Belle fille, aussi, et célibataire. Rousselot avait posé la question à Trudel qui l'avait confirmé après une vérification discrète. Ben, célibataire, tout le monde le savait, mais elle ne sortait pas avec un type, voilà ce que Trudel voulait dire et que Rousselot voulait entendre. Il devrait l'inviter un soir à aller au cinéma, au resto, peut-être que le lendemain il ne prendrait pas sa douche tout seul. Enfin, le lendemain… un jour, disons. La maison était grande et vide. S'il y avait une femme, des plantes ? Des gosses ? Dès qu'il disait à une femme qu'il était flic, elle lui sortait un mal de tête et s'éloignait. Rousselot en avait marre de regarder des films coquins tard le soir, il voulait des vrais tétons dans ses mains, du vrai cuir, une vraie vie.

Trente-cinq

— Allô, c'est Marianne.

— Bonjour. Comment ça va ?

— Je ne sais pas. La police a retrouvé la voiture d'Alain. En fait, ses deux voitures. Il avait loué une autre voiture, il avait laissé son Altima dans la cour. Je vais la chercher tout à l'heure. Je ne comprends pas pourquoi il a loué une voiture au lieu de prendre la sienne…

— Vous y allez comment ?

— En taxi, je dois ramener sa voiture.

— Donnez-moi dix minutes, je passe vous prendre.

— Vous n'êtes pas obligée…

— J'insiste, ça me ferait plaisir.

— Alors je vous attends, je serai prête.

Myriam descendit prévenir Félix et partit aussitôt. Non sans remarquer son regard inquiet.

Voiture retrouvée – *deux* voitures retrouvées ! – et toujours pas d'Alain Cavoure après quatre jours de silence. Félix avait peut-être raison, songea Myriam : Cavoure avait été éliminé, liquidé, dans le jargon les mots abondaient. Le coupable serait-il donc son père ? Elle ne pouvait le croire. Ce Gianni Sandrelli à qui elle voulait parler ?

Plus que jamais, maintenant. Félix, sans chercher à la dissuader, avait beau lui rappeler les dangers auxquels elle s'exposait en insistant, la tentation de mener l'affaire jusqu'à une rencontre avec Gianni Sandrelli était plus forte que tout appel à la prudence. Elle était vraiment devenue, au fil des jours et à mesure que progressaient les recherches de Cavoure, « la femme qui voulait savoir », prête à courir des risques peu raisonnables.

Au début, la surprise surtout l'avait incitée à vouloir connaître son père. Encore sous le choc de la mort d'Isabella Carboni, Myriam avait désiré, en le retrouvant, retrouver sa vraie mère, ses origines – et aussi peut-être, venant de perdre son père et sa mère adoptifs, un semblant d'appartenance. Peu à peu, sa décision s'était durcie, davantage à mesure que Cavoure apportait de nouveaux éléments. Son « envie » s'était transformée en curiosité indomptable. Allée au bout de sa détresse, au point de s'en rendre malade, elle devait maintenant aller au bout de la guérison. Peut-être frapperait-elle un mur de briques. Les murs de briques avaient des failles, comme disait Félix, tôt ou tard elle trouverait un trou pour se faufiler. *Savoir*. Après… Après elle verrait bien.

Félix était plus méfiant. Il lui conseillait de prendre son temps, surtout depuis la disparition de Cavoure. D'éclaircir les raisons qui la poussaient à aller de l'avant malgré la tournure des derniers jours.

– Commence par aller voir ta grand-mère, disait-il. Après tu régleras tes comptes avec Sandrelli.

– Au contraire ! D'abord régler mes comptes, et après je me sentirai libre de connaître la mère de ma mère.

Félix voyait que Myriam se sentait responsable du malheur de Marianne, tant elle était prête à lui venir en aide. Elle *savait* que Marianne avait perdu son amoureux, ne le reverrait jamais, elle se montrait serviable et pleine de sympathie tout en refusant de voir la réalité en face. Un jour, elle ouvrirait les yeux ; Félix espérait seulement que le choc ne laisserait pas trop de séquelles, ne la jetterait pas dans un nouvel abîme.

Trente-six

Marianne l'attendait sur le trottoir. Elle monta vite dans la Volvo.

– J'ai rappelé pour vous dire de laisser tomber, dit-elle, mais vous étiez déjà partie. J'aurais dû y aller en taxi. Ce n'est pas loin, Jean-Talon et Christophe-Colomb.

– Raison de plus pour que je vous accompagne.

– Vous savez, s'il est arrivé quelque chose à Alain, les coupables sont ceux qui lui ont fait du mal. Je tenais à vous le dire.

– Félix me répète la même chose. N'empêche que je me sens concernée et j'ai le droit. Et tant qu'on ne sait pas ce qui est arrivé…

Marianne sortit un mouchoir, s'épongea les yeux. « Ce n'est rien, c'est nerveux, je ne dors pas beaucoup. » Myriam alluma la radio. Claude Dubois chantait une belle chanson tirée d'un vieux disque bleu, elle oubliait le titre. C'était aérien, paisible, de la musique qu'on n'entendait presque plus jamais. Elle baissa légèrement le volume et elles continuèrent sans rien ajouter, écoutant Dubois chanter de sa belle voix les voyages dans l'espace et les planètes.

En arrivant à l'agence, Marianne vit aussitôt l'Altima de Cavoure. Une voiture qu'il avait achetée l'automne dernier, profitant des rabais de fin de saison, après des mois d'hésitation et deux ans d'économie. Les mécaniciens gérontologues étant de plus en plus chérants, il s'était décidé à remplacer sa vieille Sentra. Elle toucha la main de Myriam et lui dit avec émotion : « Je vous remercie d'être venue. »

Dès qu'il entendit le nom d'Alain Cavoure, l'employé au comptoir leur dit que le gérant les attendait et les conduisit dans son bureau. L'employé fit les présentations en prononçant à voix basse « la Nissan dans la cour », et le gérant se leva en même temps que ses traits s'affaissèrent. Il tendit la main : « Viateur Mallette. Mes sincères condoléances, madame. »

Marianne resta figée. Myriam remua la tête et fit « non » des lèvres. L'homme porta sa main tendue vers sa bouche, toucha gauchement son nœud de cravate.

– Je viens chercher la voiture d'Alain Cavoure, dit Myriam. Il n'est pas mort, il est porté disparu.

Ce fut au tour du gérant de cesser totalement de bouger, cependant que son sang circulait tout à coup très vite, son visage devint cramoisi.

– Excusez-moi, j'avais mal compris.

– Ne vous excusez pas, vous avez sans doute bien compris ce que la police a pu vous dire, répliqua Marianne, avec un tremblement amer dans la voix. Je suis venue prendre la voiture. Combien je vous dois ?

L'embarras de Mallette ne fit que croître à la question de Marianne. En principe, il devait facturer depuis l'heure de la signature du contrat jusqu'à l'heure du retour de la voiture. Au total : quatre jours et demi, plus les frais de récupération de la Neon à la fourrière de la police. Tant qu'il avait cru le client mort, il était prêt à accorder une réduction, mettons deux jours plus le remorquage, deux jours tout compris s'il y avait des difficultés. Soudain, Alain Cavoure était simplement « porté disparu ». Il était peut-être mort aussi, mais pour l'instant, les règles élémentaires de gestion lui interdisaient de considérer sa femme comme une veuve. Il pensa vite.

– Je vais vous faire un prix, dit-il. Normalement, la facture serait de quatre jours et demi plus les frais. J'ai dû envoyer deux hommes la chercher. Entendons-nous sur trois jours tout compris au tarif de week-end et je serai content.

– Je vous remercie, dit Marianne. Je vais vous payer, je voudrais aussi une annulation de la facture de mon mari.

– Ce ne sera pas nécessaire. Le contrat est à son nom, on a son numéro de carte et sa signature, son crédit est bon. Puisqu'il est vivant…, ajouta le gérant, réjoui de la tournure de discussions qui n'avaient pas eu lieu. J'aurais simplement besoin de votre signature pour vous remettre la voiture.

Venez au comptoir, je vais arranger ça. Ah, votre mari a laissé quelque chose dans la Neon.

Mallette ouvrit un tiroir et en sortit un sac Polaroid. Marianne y vit des traces de poudre. La police y avait prélevé des empreintes. Il n'y avait pas d'appareil dans la voiture. « Il doit l'avoir avec lui », dit le gérant, choisissant soigneusement son temps de verbe. « Dans la Nissan, ajouta-t-il, il y avait aussi une chemise avec des papiers. La police en a fait une copie et j'ai remis le dossier sur le siège. » Myriam et Marianne échangèrent un regard sans rien dire.

La police lui avait pourtant laissé entendre que le locataire de la Neon avait péri, songeait Mallette entre-temps. Il était porté à croire la police beaucoup plus qu'une veuve qui, malgré la colère qu'il avait sentie tout à l'heure, n'avait pas encore vraiment compris qu'elle l'était. Il pouvait se montrer aussi avenant que possible, il s'adressait à une femme qui allait vivre de grandes souffrances. Cependant, et sa bourde colorait encore son visage et ses manières, l'heure n'était pas aux épanchements. Il se contenta de superviser la facturation, de se montrer doublement affable et, à la fin, de tendre une main de pure bonne entente, sans autre connotation. Cette fois, Marianne la prit dans la sienne.

Elle trouva le dossier de Myriam sur le siège. Cavoure le gardait presque toujours à portée de la main. Marianne y vit d'autres traces de poudre, des empreintes.

En soirée, Mallette raconta l'incident à sa femme en remplissant le lave-vaisselle, quand Michel et Sandrine se furent éclipsés vers la télé. Il était furieux contre le policier dont l'indiscrétion l'avait induit en erreur. De quoi j'ai eu l'air ! En plus, quand la veuve m'a offert de transférer la facture à sa propre carte de crédit, j'aurais dû accepter. Le type est mort, je ne serais pas surpris que MasterCard nous fasse des misères. Je n'ai pas eu le cœur, ç'aurait été comme lui dire en pleine face qu'elle ne reverra jamais son mari vivant. Coudon, ils se débrouilleront avec la succession. T'aurais dû la voir ! Il y avait tellement de tristesse dans ses yeux, pourtant elle a tout signé, elle a été courageuse. L'autre, son amie, elle avait l'air de trouver ça plus pénible.

Trente-sept

– J'en fais des efforts, Félix. Constamment !

– Constamment, oui. Pas nécessairement les bons. Ce n'est pas parce qu'on fait des efforts que tout s'arrange comme par miracle. J'ai dit que je t'appuierais, mais il faut que tu nous donnes une chance, Myriam. Ton détective vient de mourir !

– Il n'est pas mort, il est disparu ! Marianne l'a connu dans des circonstances semblables. Il était blessé, elle l'a trouvé et secouru, il était resté disparu pendant quatre ou cinq jours.

– Tu ne veux pas comprendre. Tu fermes les yeux et tu fonces en espérant qu'il n'y aura pas de surprise. Chérie, il y a toujours un poteau ou un trou en avant, tu vas te faire mal !

– ...

– Tu veux ménager Marianne, moi aussi, mais entre nous, on peut se dire la vérité. Alain Cavoure est disparu parce qu'il est mort. Ça fait six jours, la police a trouvé sa voiture. Deux voitures, en plus ! On ne parle pas d'une ado en fugue ou d'un petit vieux qui souffre d'alzheimer, comme aux nouvelles, on parle d'un détective qui était en pleine forme !

– Je peux en embaucher un autre, il va continuer.

– Certain, y a rien là ! Myriam, Cavoure a eu le temps de te dire que ton père est dans la mafia. Juste le temps, avant de mourir. De disparaître…

– Je ne vois pas le rapport.

– Mais oui, tu vois le rapport, il saute aux yeux !

– Moi, j'ai des craintes, des doutes.

– Donc tu as compris, sauf que tu refuses de l'avouer. Je regrette, mais on a dépassé le stade des doutes. Penses-tu que ton détective est disparu par hasard, qu'il a décidé de partir au Brésil ?

– Qu'est-ce que tu en sais ?

– Tu veux que je m'énerve, après tu vas dire que c'est ma faute ! Myriam, tu ne gagneras pas, pas aujourd'hui. Cavoure enquêtait sur ton père. La mafia n'aime pas qu'on fouine dans ses affaires. Ton détective, quand on l'a vu…

– Arrête de l'appeler « mon détective ». Il ne m'appartient pas et il s'appelle Alain Cavoure !

– D'accord, Alain Cavoure. Il n'avait pas l'air d'un fou, il était raisonnable, il inspirait confiance. Bien sûr qu'il faut surveiller nos paroles avec Marianne, mais on ne le reverra jamais. Je suis le premier à savoir que ça te met toute à l'envers. Tu prends Marianne en pitié, tu la traites comme une veuve et tu penses que c'est ta faute, vous vous parlez au téléphone. Tu ne te rends pas service. Tu prends tes distances, « ce n'est pas mon détective, je peux en engager un autre ». Il *est* ton détective. En tout cas, il l'était et je m'inquiète. Je les ai lues, les photocopies de Cavoure. Les Sandrelli, ce n'est pas exactement une famille de docteurs d'Outremont ! En plus, tu ne te vois pas aller. Depuis que Cavoure est « disparu », tu es nerveuse, tu perds du terrain. Moi, je pense à toi d'abord.

– Je le sais, Félix… Si seulement on savait pourquoi il est allé à l'île Bizard ! Il était supposé trouver l'adresse de Sandrelli, regarder autour. Sandrelli habite à Beaconsfield, de l'autre côté de l'île…

– Bigras mène son enquête, il a dit qu'il rappellerait. Tu pourrais attendre de voir ce que la police va découvrir. Myriam, tu ne veux pas te remettre à terre, tu as travaillé tellement fort pour t'en sortir !

– Tu vois, j'en fais, des efforts… Je ne veux pas vraiment embaucher un autre détective, je disais ça… Aujourd'hui, j'ai appelé au comité, j'ai demandé deux semaines de plus. Je ne peux pas rentrer au bureau tout de suite. Les fonctionnaires vont poser des questions, mais Daniel a dit qu'il s'en occuperait.

– Les fonctionnaires !… Pour l'instant, il y a des choses plus importantes.

Myriam se jeta dans les bras de Félix. Il cherchait d'autres paroles de réconfort quand on sonna à la porte. Il regarda sa montre par-dessus l'épaule de Myriam.

– C'est pas vrai ! s'exclama-t-il. La Rouleau m'a appelé hier, j'avais oublié ! Qu'est-ce que je fais ?

Myriam se dégagea.

– Va répondre, dit-elle. Dis-lui que je suis sortie, fais-la partir vite.

Ce n'était pas Madeleine Rouleau. Félix reconnut le sergent-détective Bigras et la constable Beauregard. Ils demandèrent à voir Myriam.

– Nous aurions quelques questions à vous poser, madame.

Le visage de Myriam se défit. Félix lui prit la main et les invita à passer au salon. Il glissa à l'oreille de Myriam : « Ce n'est rien, ils veulent te parler. C'est normal, relaxe ! »

Ils eurent le temps de s'asseoir, le détective expliquait à Myriam qu'ils étaient toujours sans nouvelles d'Alain Cavoure, ils avaient quelques petits détails à préciser, quand on sonna de nouveau à la porte.

Félix reconnut la silhouette de Madeleine Rouleau, coiffée d'un grand chapeau, il sentit presque son parfum à travers la vitre.

– Bonjour, dit-il. Entrez.

La Rouleau se glissa à l'intérieur en ne manquant pas de toucher Félix. Elle sentait terriblement bon, mais Dieu qu'elle tombait mal !

– Je vais vous montrer ma dernière idée, dit Félix, d'un ton enjoué, l'invitant à le précéder. J'espère qu'elle vous plaira.

– Une surprise ! Allons voir !

Malheureusement, il n'avait pu refermer la porte du salon, pour la bonne raison qu'il n'y en avait pas. Madeleine Rouleau aperçut Myriam en compagnie des policiers, l'uniforme de la constable Beauregard ne laissant aucun doute sur l'identité des visiteurs. Félix dit à Myriam qu'il pouvait toujours remonter si elle avait besoin de lui et rejoignit Madeleine Rouleau qui l'attendait. Il la précéda dans l'escalier et la mena vers sa table. La Rouleau ne manquerait pas de poser des questions, il avait déjà inventé une fable.

– J'ai trouvé un beau motif pour l'ornement des portes, dit-il. J'ai pensé que je pourrais ajouter un dauphin sculpté en médaillon de chaque côté. Deux dauphins qui se font face, en laque noire.

– Quelle idée merveilleuse ! dit Madeleine Rouleau. J'adore les dauphins.

Félix ajouta presque « moi aussi », il aurait pu en montrer long sur les dauphins à Madeleine Rouleau. Il se retint, préférant ne pas s'étendre sur les points d'entente entre sa cliente et lui.

– Je ne voudrais pas paraître indiscrète, dit la Rouleau, mais est-ce que Myriam a des ennuis ?

– Pas du tout, fit Félix. Elle a été témoin d'un accident, un cycliste a été blessé, ils sont venus la questionner. Peut-être qu'elle devra aller au poste signer une déposition, je ne sais pas. Revenons à nos dauphins. Ça ajouterait de la tradition au meuble. J'ai préparé des modèles…

– C'est la première fois de ma vie que j'entre dans une maison où il y a des policiers. Le cycliste est mort ?

– Non, seulement un poignet cassé, des égratignures. Il va s'en tirer.

Félix montra ses dessins, l'un d'un dauphin dans un médaillon rond, l'autre dans un ovale.

– L'ovale serait plus d'ouvrage, dit-il, mais l'effet est beau. Je vous laisse le choix.

– Oh ! l'ovale donne certainement plus de cachet ! Bravo, Félix. J'adore ton dessin.

– Un motif art déco que j'ai vu sur une lampe au Château Dufresne. J'avais pris une photo.

Pour « mieux voir », Madeleine Rouleau se frôlait contre Félix. Il sentait son parfum, la rondeur d'un sein appuyé contre son bras avec une savante nonchalance. Comme si la Rouleau n'avait pas une conscience aiguë de tout ce qui entrait en contact avec sa poitrine ! Félix se dégagea, plaça son dessin sur l'une des portes. Madeleine Rouleau le suivit comme une mouche, fit mine de le heurter et demeura appuyée contre lui, « admirant l'effet » – et savourant assurément celui qu'elle s'imaginait produire. Elle se frottait contre lui uniquement par impossibilité de faire autrement, chez elle c'était un réflexe du sympathique. Félix aurait voulu l'enfermer à double tour dans l'armoire et remonter au salon, malheureusement le meuble était encore en pièces détachées. Il se demanda si elle l'avait cru au sujet des policiers. Sans doute, puisqu'elle n'était pas revenue sur le sujet, elle semblait concentrée sur tout autre chose que leur présence au salon. Qu'est-ce qui se passait en haut ? Il n'avait entendu aucun mouvement, ils étaient encore avec Myriam.

— Je suis en train de lire un livre sur les cétacés, dit-il, revenant sur sa décision pour tenter de l'éloigner, impatient de la voir disparaître. Les Grecs et les Romains avaient compris que les dauphins étaient beaucoup plus intelligents que les autres « poissons ». Le mot dauphin vient du grec, vous savez. Je pensais que l'idée vous plairait, un dauphin de chaque côté. Je m'y mets tout de suite.

— Je suis très contente. Ah ! j'adore l'odeur du bois ! ajouta-t-elle en lui passant la main dans le dos.

— Madame Rouleau, dit Félix en se retournant brusquement (trop, il était énervé), vous perdez votre temps. Je suis un artisan, je travaille le bois et j'aime Myriam. Vous payez bien, je travaille bien, la situation est claire et nos rapports sont bons. Si on en restait là ?

— Félix, de quoi parlez-vous ?

— Voyons ! Ça ne vous donne rien de vous exciter avec moi. Vous êtes attirante, mais je ne suis pas libre. Tout ce que je veux, c'est fabriquer une belle armoire qui va durer des siècles. Gardez vos distances et tout le monde va mieux se comprendre.

— Mon cher, je ne vois pas ce qui vous permet…, commença-t-elle en parlant pointu.

— Pas de Feydeau, pas ici, pas de « mon cher », surtout pas aujourd'hui ! coupa-t-il. Je m'appelle Félix. Vous êtes une grande fille, on ne va pas s'enfarger dans la poussière de bois ! Je ne vous juge pas, Mado, mais je vous demande d'arrêter.

— Mado, maintenant !

— Je vous parle d'homme à femme. Restons simples, c'est tellement plus facile. Je ne vais pas parler de notre conversation à Myriam, soyez tranquille.

— Restons simples, soyez tranquille… Vous avez du tact avec les mots autant qu'avec le bois. Dommage…

— Tant pis pour moi.

— J'ai eu tort de…

— Mais non, madame Rouleau. Tout le monde se fait des idées tout le temps, moi aussi, la vie me joue des tours. Un gars s'essaie, une fille itou, des fois ça marche, des fois non. J'achève, l'armoire sera prête dans une quinzaine. Ils seront beaux, les dauphins, non ?

— C'est très joli. Là-dessus je vous quitte, mon mari m'attend. Oui, mon mari. Gardez vos commentaires pour vous, *mon cher*, ajouta-t-elle avec un sourire entendu.

Félix raccompagna Madeleine Rouleau, faisant du bruit dans l'escalier pour prévenir Myriam qu'il remontait. En passant devant le salon, elle fit un salut à Myriam, question de ralentir le pas et d'écornifler un peu. Elle embrassa Félix sur les joues avant de franchir le seuil. Elle sentait encore bon, pas une trace de sueur sur son visage. Madeleine Rouleau prit la porte sans faire une folle d'elle-même, sans revenir sur le sujet des policiers. D'un coup, elle s'était mise à le vouvoyer. Félix n'osait y croire.

Au moins un problème de réglé, songea-t-il. J'aurais dû m'ouvrir la boîte bien avant !

Il entra au salon au moment où les policiers se levaient. Ils remercièrent Myriam de sa collaboration, la constable Beauregard lui tendit la main et ils se dirigèrent vers l'entrée.

– Comment ça s'est passé ? demanda Félix.

– Bien et mal. Ils ne sont pas plus avancés. Ils voulaient encore savoir pourquoi j'avais embauché Alain Cavoure, ce que je savais de son enquête. J'aurais aimé que tu sois là, tu aurais mieux répondu à leurs questions.

– Je suis sûr que tu t'es débrouillée. Après tout, on n'en sait pas long, il n'y a pas grand-chose à dire.

– Au début, je n'avais pas envie de parler, je trouvais que ça ne les regardait pas. Ils m'ont dit qu'ils avaient lu le dossier de Cavoure, son fax de Pinkerton. Ils voulaient savoir si j'avais parlé à Cavoure depuis qu'on l'a vu à son bureau. Cavoure a écrit que je m'étais énervée, ils voulaient savoir pourquoi. Je n'ai pas répondu.

– Qui posait les questions ?

– La femme, l'autre prenait des notes. Ah là là, Félix, qu'est-ce qui se passe ? Il est où, Alain Cavoure, qu'est-ce qu'il fait ?

Elle se jeta dans ses bras et se mit à sangloter. Félix l'étreignit.

– Je ne le sais pas plus que toi.

– Je suis tellement fatiguée.

Félix la conduisit à la chambre, l'embrassa, ferma le store. Une demi-heure plus tard, il entrouvrait doucement la porte. Myriam dormait. Félix vit le sel des larmes sur ses joues. Il remonta le jeté sur ses épaules et sortit sans bruit.

Sa seule consolation : il était en train de fabriquer un meuble splendide. Assemblé à queue d'aronde, sans un seul clou. Les seules vis seraient celles des pentures, des poignées, des lattes des tiroirs. Roulements à billes entièrement en inox, aucun plastique nulle part. Dans deux cents ans, alors que les tourments de Myriam et les siens, et ceux de leurs enfants, seraient depuis longtemps oubliés, l'armoire tiendrait encore bien droite dans la maison d'un descendant de Madeleine Rouleau.

Trente-huit

Sans le dire à Myriam, Félix avait emprunté à la bibliothèque des ouvrages sur la mafia, qu'il cachait dans l'atelier. En réalité, il ne savait rien du crime organisé. Il avait vu des films comme tout le monde, lu des romans, mais il n'avait jamais fouillé le sujet. De temps à autre, il lisait quelques chapitres. Myriam s'attaquait à plus dangereux qu'elle ne l'imaginait. Dans les films, les méchants étaient toujours vaincus. Dans la vraie rue, la fin du spectacle était souvent différente, le sang versé était celui des bons ou des moins méchants, parfois celui d'innocents. Félix apprit des choses étonnantes et aucune n'était rassurante.

Par exemple, les mafieux ne manquaient pas d'imagination pour faire disparaître leurs victimes. On attribuait à Stefano Magaddino, propriétaire d'un salon funéraire à Buffalo[3], l'invention du cercueil à double fond. On glisse un corps dans un compartiment secret du cercueil, sous le cadavre

---

3. Mais également à son cousin Joseph Bonanno, lui aussi propriétaire d'un salon funéraire à New York, les sources divergeaient à ce sujet.

d'un client mort de sa belle mort. Ni vu ni connu, Arthur, où t'as mis le corps ? À l'enterrement, deux cadavres sont inhumés pour le prix d'un. La Cosa Nostra était aussi active dans la pizza, songea Félix. Aurait-elle inspiré les pizzerias « 2 pour 1 » ? Il arrivait aussi qu'on retourne pelleter la nuit dans une fosse déjà creusée, qu'on y glisse un cadavre et le recouvre. Le lendemain, l'inhumation avait lieu et un deuxième cadavre disparaissait incognito. À Toronto, le corps de Peter Aquino avait été éliminé de cette manière pour le compte des frères Cappuccitti. La mafia faisait aussi dans le raffinement. En plus du cercueil à double fond, il existait le cercueil de béton (*autostrada,* en italien – autrement dit, la fin réservée à Réjeanne Padovani dans le film d'Arcand) et les « bottines de béton » qui se trouvent au fond de l'eau, attachées à des sque-lettes. On oblige un pauvre bougre à plonger les pieds dans un baquet de ciment. Après, le lascar lesté est largué au large. Sandrelli habitait au bord de l'eau. Avait-ce été le sort de Cavoure ? Si oui, il ne serait jamais retrouvé.

Les mafieux avaient aussi le sens de l'humour. Capone, par exemple, aimait rigoler dans ses heures de détente (quand il n'appuyait pas dessus). Il disait qu'on l'accusait de mille tragédies, de l'incendie de Chicago à l'assassinat de la mer Morte. Michele Sindona, le grand argentier de l'évêque de Rome dans les années soixante-dix, avait fait lessiver de l'argent sale par la famille

Gambino de New York et avait financé avec la fortune du Vatican des usines d'armement et des fabricants de pilules anticonceptionnelles, l'une des hantises de Karol Wojtyla. Roberto Calvi, son compère, assassiné en 1982 à Londres, n'avait pas fait plus propre. Sous le couvert de la fiction du *Parrain*, Puzo et Coppola parlaient de faits bien réels.

Humour ou cruauté, Myriam se préparait à frayer avec des gens peu commodes. Sans lui parler de ses lectures, Félix continuait de la mettre en garde. Ayant lu, contrairement à Myriam, les articles dans les journaux et les extraits de la CECO laissés par Cavoure, il n'était guère enthousiasmé par la famille Sandrelli. Le fils Gianni pouvait être un homme charmant aussi bien qu'un psychopathe, sauf que la disparition de Cavoure n'aidait guère à envisager le gentleman raffiné et délicat. Myriam « voulait savoir », cela se comprenait jusqu'à un certain point. Elle ne voulait certainement pas payer son savoir de sa vie. Lui non plus, tant qu'à y être. Quel effet la visite des policiers aurait sur son obstination, il faudrait voir. Elle avait été sérieusement ébranlée...

Trente-neuf

Myriam traversa la rue et se dirigea vers le Casa Reggina. Elle tremblait, sa résolution chancelait, mais elle s'obligea à marcher d'un pas volontaire. Elle tira la porte. Le restaurant était fermé. Dans la vitrine, elle porta la main à ses yeux et scruta l'intérieur, perçut un mouvement. Elle frappa fortement et vit un homme traverser le restaurant. Elle revint vers la porte. De l'autre côté, un jeune homme leva la main en écartant les cinq doigts et montra l'affiche des heures d'ouverture. Myriam fit non de la tête et remua la main près de sa bouche pour indiquer qu'elle voulait lui parler. L'homme tourna la clef.

– Nous ouvrons à cinq heures, dit-il, c'est marqué.

– Je ne veux pas manger, dit Myriam, je veux parler à Gianni Sandrelli.

– Gianni Sandrelli ? C'est qui ?

– Le propriétaire, voyons ! J'ai besoin de lui parler.

– Il n'est pas ici.

– Trouvez-le ! dit Myriam, poussant la porte.

Son geste avait été tellement rapide que l'homme n'eut pas le temps de réagir. Soudain elle était à l'intérieur du Casa Reggina, devant lui.

– Je suis certaine que vous pouvez l'attraper quelque part. Appelez-le.

– Vous vous prenez pour qui, la reine d'Angleterre ? demanda l'autre, soudain hostile.

– La reine pressée. Je veux lui parler, répondit Myriam en ouvrant la deuxième porte d'entrée. Pas demain, tout de suite. Mettez-vous au téléphone, je vais attendre. Apportez-moi une bière aussi. *S'il vous plaît.*

Elle était maintenant dans la salle à manger. À sa grande surprise, l'homme l'invita d'un geste à s'asseoir à une table. Il se dirigea vers le bar et prit le téléphone. Myriam ignorait qu'elle pouvait en imposer autant ; l'obligeance du jeune homme, serveur ou barman, venait de lui révéler une force cachée. Au deuxième appel, il posa le combiné sur le comptoir et revint vers elle.

– M. Sandrelli veut savoir qui vous êtcs, dit-il.

– Dites-lui que je m'appelle Myriam et qu'il est mon père. Ça devrait suffire.

– C'est vrai, ça ?

– La pure vérité. Je suis la fille de Gianni Sandrelli et aujourd'hui je veux lui parler.

L'homme s'éloigna de nouveau, parla encore, raccrocha. Il revint avec une bière et un verre.

– Il sera ici dans une quinzaine de minutes, dit-il en versant un demi-verre sans faire de collet. Il vous demande d'attendre.

Il posa la bouteille sur un sous-bock qu'il sortit de son tablier

– Merci, dit Myriam.

– Je dois vous fouiller.

– Comment, me fouiller ?

– Vérifier si vous êtes armée, si vous portez un micro. De nos jours…

– Quoi, de nos jours ?

– Le patron a déjà été victime d'un attentat. Voulez-vous vous lever, étendre les bras ?

Déconcertée autant par la demande que par sa bonne volonté, Myriam se leva. L'homme promena ses mains sur son corps, plutôt pudiquement, évitant la poitrine et les fesses, mais lui tâta le dos et les flancs avec soin, puis les cuisses et les chevilles, et lui demanda d'ouvrir son sac à main. Elle le fit en tremblant. Il y jeta un coup d'œil, y enfouit la main, agita les doigts et ce fut la « fouille » de Myriam. La première de sa vie, parce qu'elle était sur le point de rencontrer son père. Belles « retrouvailles » ! Elle serait allée le voir au pénitencier que le rituel n'aurait pas été différent.

Elle se rassit, l'homme s'éloigna. Myriam prit une gorgée. La bière était très froide, elle frissonna. Non, elle tremblait. D'émotion, d'inquiétude. Elle s'était adressée au bon endroit, tout le confirmait. Son père était donc *vraiment* un mafieux ! Cavoure avait eu raison, lui qui avait payé de sa vie pour l'apprendre. À sa demande !

Myriam eut un sursaut. Pour la première fois, elle venait de s'avouer qu'Alain Cavoure était mort.

Quarante

Malgré les mises en garde de Félix, Myriam avait insisté pour tenir cette rencontre. En plus, obstinée au-delà de toute raison, elle voulait y aller seule. Félix répliqua que c'était absolument impossible. Elle aurait beau prendre les moyens qu'elle voudrait, il la suivrait, il serait présent, il appellerait lui-même Sandrelli s'il le fallait, mais elle ne se rendrait jamais seule à ce rendez-vous. « Je ne pense pas à toi, dit-il, je pense à moi. » Elle voulait le protéger ? Alors il n'était pas question qu'il se retrouve morfondu comme Marianne, à se demander où Myriam était rendue, il se montra aussi intraitable qu'elle.

Ils s'étaient rendus sur les lieux, avaient étudié le quartier et mis au point leur stratagème. Maintenant, buvant sa bière trop vite, Myriam remerciait Félix, elle était heureuse de le savoir au guet.

Elle prit une gorgée et il lui coula un filet dans le cou, tant elle avait du mal à tenir son verre. Elle le posa durement sur la table. Un de ses pieds sautillait, elle croisa les jambes. Pourquoi vouloir rencontrer Gianni Sandrelli ? Elle avait cru au début qu'une rencontre avec son père lui aurait apporté une satisfaction, une certaine paix. Elle savait maintenant qu'il n'en serait rien. Elle n'aurait pu donner un seul motif valable pour cette rencontre, sinon qu'elle devait se produire, le sentiment en elle était trop puissant pour être faux. Sandrelli était sans doute un homme à éviter, bonté, elle avait été *fouillée* ! Sandrelli avait-il commandé cette fouille uniquement pour l'intimider ou l'humilier, pour s'assurer de son emprise avant même de se montrer ? Pourtant, elle ne se sentait nullement menacée. Elle tâcherait de lui faire passer un mauvais quart d'heure, un moment dans sa vie où il n'aurait pas le dessus.

Le Casa Reggina n'était pas une gargote de quartier, « cuisine canadienne et italienne » et propriétaire grec. L'endroit était de bon ton, plutôt chic. Sur les tables, la vaisselle était belle, coûteuse, les couverts élégants brillaient. Les nappes, au motif vert et rouge sur fond blanc, les couleurs de l'Italie, étaient de bon tissu, comme les serviettes de table, en coton et aux mêmes couleurs nationales. L'atmosphère était feutrée, enveloppante, les tables étaient espacées, les plantes nombreuses. Elle aurait aimé voir le menu, les prix. Ici, les spaghettis ne trempaient certainement pas des heures dans l'eau chaude, le service et l'ambiance devaient être à l'avenant.

Myriam faisait signe à l'homme qui lui avait ouvert et qui, mine de rien, gardait un œil sur elle, de lui apporter une autre bière lorsqu'une clef tourna dans la porte. Un homme entra, glissa son porte-clefs dans une poche. Première impression : il était impeccable, son complet bleu gris ne venait pas de chez Zellers. Ses cheveux grisonnaient. Cavoure avait parlé du début de la cinquantaine, Michel Bourgeois avait dit que Gianni Sandrelli était né en 1947. Son père, Myriam en eut la conviction. Lui aussi l'avait vue, il retira ses lunettes de soleil et s'avança en la fixant des yeux. Un taureau plus jeune l'accompagnait. Sandrelli glissa ses lunettes dans une poche, désigna à l'autre une table près de la vitrine. D'un geste, il fit signe au serveur de lui apporter à boire et il se dirigea vers Myriam.

– Vous êtes Myriam Sarfati, vous voulez me parler ? demanda-t-il. Gianni Sandrelli.

Il tendit la main. Myriam garda ses deux mains enroulées autour de son verre vide, tapotant des doigts. Le serveur le lui retira des mains et y versa la moitié de la bouteille de bière, retourna chercher le verre du patron.

– Je suis Myriam Sarfati. Assoyez-vous, dit-elle.

Étonnée, elle comprit qu'elle avait espéré que Sandrelli, averti du lien qui les unissait, la tutoie. Elle n'avait pas tenu compte de la prudence de Sandrelli, dont elle avait pourtant eu des indications on ne peut plus claires depuis qu'elle avait frappé à la porte du restaurant – et elle ignorait tout des règles de politesse, complexes et mouvantes en italien, concernant le *dare del tu*. Elle en comprit seulement que, malgré ses préventions, elle le considérait comme son père. Elle en fut troublée.

— Si vous voulez m'excuser, dit-elle, je dois me montrer dehors une seconde. Je reviens tout de suite, je vous laisse mon sac.

— Allez-y, Andrea va vous ouvrir.

Il s'assit de biais et croisa la jambe. Myriam vit qu'il portait des chaussures Méphisto, elle reconnut aussitôt l'étiquette. « Il faut que je dise ça à Félix, songea-t-elle, un Italien chaussé en Méphisto ! » Il devait porter des boxers Gucci. Andrea, le garde du corps, de toute évidence, sortit derrière elle et se tint près de la porte. Myriam marcha brièvement devant la façade – le temps de recomposer la sienne. Elle refoula une envie de pleurer, se moucha en soufflant fort. Sandrelli avait commis une erreur. Elle avait dit au barman qu'elle s'appelait Myriam, rien d'autre, et que Sandrelli était son père. Quand il s'était présenté à elle, Sandrelli avait demandé : « Vous êtes Myriam Sarfati, vous voulez me parler ? » D'où connaissait-il son nom de famille ? Elle ne l'avait pas prononcé. Ou peut-être se trompait-elle, elle était tendue, sa mémoire était friable. Peut-être aussi Cavoure avait-il mentionné son nom de famille, il était venu ici… Elle rentra. Andrea lui tira la porte, étudiant la rue du regard, et regagna son poste. Sur sa table, il trouva un verre, une bouteille de San Pellegrino et un ravier d'olives et de quartiers de citron. Pas de vin pour lui…

– Nous parlerons, dit Sandrelli, après que Dino sera parti.

Le serveur approchait, portant une bouteille de vin blanc et un verre sur un plateau. Alors le patron a droit à un plateau, observa Myriam, non sa fille. Le verre était en cristal, rien à voir avec les verres moulés de restaurant qui se trouvaient sur les tables. Le vin était un Turning Leaf californien. C'est dans l'ordre, il a droit à des attentions particulières, tout se passe bien… Il ordonne une fouille, il la vouvoie. Elle devait se reprendre, vite.

Sandrelli se servit, leva son verre en direction de Myriam. « À votre santé. »

– Vous n'avez pas besoin de me vouvoyer, je suis votre fille, dit Myriam, ne pouvant dissimuler son hostilité. D'ailleurs, moi aussi je peux te tutoyer. Je suis ta fille, Gianni Sandrelli. Ma mère était Isabella Carboni. Tu te souviens d'elle ? Il y a longtemps, vous avez été amoureux. À cause de ça, tu viens de tuer Alain Cavoure. Aujourd'hui, sa femme pleure et ta fille est écœurée de toi avant de te connaître.

Elle s'arrêta, ébahie par ses propres paroles, incapable de continuer, heureuse du ton qu'elle avait trouvé elle ne savait où, étranglée par les accusations qu'elle venait de prononcer.

– *Ola !* Qui encore ? Je ne tue même pas les araignées !

En s'exclamant, Sandrelli avait étreint son verre et du vin s'était répandu sur la nappe.

Il avait vite épongé, mais durant le reste de la conversation, la tache humide sur la nappe serait un rappel de sa première maladresse.

– Voyons, papa, reprit Myriam, remontée par la gaucherie de Sandrelli, un peu de respect pour ta fille ! Alain Cavoure. Il est mort pour rien, il n'était pas dangereux. Je lui avais demandé de te retrouver, je voulais connaître mon père. Ça, c'était avant de savoir que tu étais un bandit. Écoute bien, Gianni Sandrelli : la première chose que j'ai à dire à mon père que je rencontre pour la première fois à l'âge de vingt-huit ans, c'est qu'il est un meurtrier. Je devrais me réjouir, à ton avis ?

– Meurtrier, bandit…, répéta Sandrelli sur un ton neutre, un vague sourire aux lèvres. Moi, je dois rester calme. Qu'est-ce que vous avez, les jeunes, à nous accuser de ci et de ça ? Vous parlez comme ma fille. Pourquoi j'aurais tué quelqu'un ?

– Ne commence pas à me traiter en ado. J'ignore beaucoup de choses à ton sujet, pourtant j'en sais pas mal aussi. Tu ne vas pas me dire que tu as tué un homme sans savoir pourquoi ! Juste pour rire ? Je me doutais que tu serais une ordure, mais fais un effort !

– Assez, ma petite, ça suffit ! Vous m'accusez d'être votre père et de tuer du monde pour rire, d'être une ordure et un assassin. Savez-vous à qui vous parlez ?

– Un vrai paternel, ça saute aux yeux. Propriétaire du restaurant, d'appartements, de compagnies à numéro, ta femme s'appelle Luisa. Et je ne t'*accuse* pas d'être mon père. Tu *es* mon père, je suis la fille d'Isabella Carboni.

Myriam savait qu'elle engageait mal la conversation, les choses ne sortaient pas du tout comme elle le souhaitait. Elle avait l'air d'une hystérique, comme devait le penser Sandrelli. Elle ne pouvait se dominer, elle était trop énervée, la bière lui montait à la tête, elle avait sifflé la première en dix minutes. Elle sentait une faille chez Sandrelli, sans pouvoir la trouver.

– C'est qui, Isabella Carboni ? Qu'est-ce qu'elle vient faire avec Alain Chose ?

– D'accord, je mets cartes sur table, dit-elle, tu vas arrêter de mentir plus vite. Tu n'es pas bon menteur, en passant. J'espère que tu ne trompes pas ta femme, parce que si oui, je te le dis tout de suite, elle est au courant ! Il y a quelqu'un dehors qui surveille et qui sait tout ce que je sais. Si après une demi-heure je ne sors pas pour qu'il me voie, comme tout à l'heure, il va appeler la police. Tu es une vermine, plus je te parle et plus je m'en rends compte. *(Arrête, Myriam, arrête !)* Quand même, tu n'es pas con. Tu as un beau restaurant, d'autres restaurants aussi, tu brasses des affaires dans l'immobilier, la construction, *tutti quanti*, tu as des voitures de luxe, un garde du corps, et Alain Cavoure, tu ne l'as pas tué assez vite, il a eu le temps de me parler. J'ai un dossier qui en dit long sur toi, il vient… non, tu n'as pas besoin de savoir. J'ai lu des articles dans les

journaux. Alors tu vas me répondre. Te souviens-
tu d'Isabella Carboni ?

Sandrelli se montra plus intéressé.

– Vaguement, puisque tu m'en parles. Voilà,
je te dis tu. J'étais jeune.

– Elle aussi, répliqua Myriam. Vous avez
couché ensemble ?

– C'est possible.

– C'est possible !... Mais t'es bête, ça se
peut pas ! En tout cas, il n'en fallait pas plus
pour qu'elle tombe enceinte. Sais-tu ce qui lui
est arrivé ensuite ?

– Pas du tout.

– C'est ça, continue à mentir. Je vais te ra-
fraîchir la mémoire. Elle était enceinte de ton
enfant, de *moi*. J'ai été adoptée, puis elle est disparue en Italie. Elle vient de mourir et c'est ainsi
que j'ai tout appris. On pourrait passer une analyse
d'ADN si tu penses que je me trompe. De nos
jours, on peut obtenir une ordonnance de la cour.
Veux-tu venir avec moi à l'hôpital ? Mon Dieu, je
pourrais être ton héritière, restaurant chic, il doit y
avoir une belle maison, un beau compte en banque,
plusieurs beaux comptes, et tes belles voitures...
Mon chum se promène en Volvo rouillée, il aimerait ça, une Mercedes ! Et moi, ta petite Alfa
Romeo SONO IO, j'haïrais pas ça non plus !

Nettement, Myriam avait de nouveau perçu un
mouvement de surprise, que Sandrelli avait tenté
de dissimuler, lorsqu'elle avait dit qu'Isabella
était morte. Il se leva abruptement, excédé. Rien

de mieux pour cacher l'étonnement qu'un simu-
lacre de colère. Un bandit, un tueur et maintenant
un histrion. Je vous présente mon père !

– *Basta !* lança-t-il. J'ai couché avec Isabella,
il se peut que tu sois ma fille. Tu es fortunée si
je te crois, autrement tu aurais mangé une claque
depuis longtemps ! Je ne comprends pas ce que
tu veux, mais baisse le ton. Je n'ai jamais su
qu'elle était enceinte, j'ai appris qu'elle avait
quitté Montréal longtemps après. *La gran dama*
se permet de lancer des accusations en feu d'artifice ! Tu peux te calmer ou partir, ça suffit et ça
m'est égal. Va voir la police, tu ne me fais pas
peur, mets-toi ça dans la tête. Si tu veux qu'on
parle, on va parler dans le respect.

– Je veux bien. Tu as peut-être l'habitude de
parler à des assassins, pour moi c'est nouveau.

– Parlons d'Isabella. Avec calme, je vais
t'écouter.

Sandrelli cala son verre, le remplit et tint
parole. Il écouta. Myriam le remercia intérieurement de son mouvement d'impatience. Elle devait
se ressaisir, le savait, n'y arrivait pas. Voyant
Sandrelli s'énerver à son tour, elle se regarda
dans le miroir qu'il lui tendait, rajusta le tir.
Prenant peu à peu de l'assurance, elle raconta, la
lettre du notaire, son désir de connaître son père,
les recherches de Cavoure. Sandrelli détournait
le regard et hochait la tête, à d'autres moments il
la fixait avec attention, droit dans les yeux.

– Dis donc, fit-elle enfin, je pourrais en avoir, du vin ? Ça fait cheap, boire de la bière le jour où je retrouve mon père, tu ne trouves pas ?

Sandrelli leva la main en direction du barman (Myriam soupçonna Sandrelli de lui avoir demandé de les observer, comme il avait posté non loin son garde du corps), pointa son index vers la bouteille et lança en riant : « *Un altro bicchiere, per mia figlia !* »

– Tu n'es pas drôle, dit Myriam.

– Moi, je ne suis pas drôle ? fit-il. La mère Carboni en a raconté des bouffonnes à ton détective. C'est elle, la vieille folle, elle et son mari, qui ont… *tutto tramato*, tout manigancé. Si j'avais su qu'Isabella attendait un enfant, aujourd'hui tu t'appellerais Sandrelli. Je l'ai aimée, Isabella, j'ai voulu qu'elle soit ma femme. As-tu déjà vu une photo de ta mère ?

– Jamais.

– Attends, je reviens.

Gianni Sandrelli se dirigea vers le fond du restaurant. Myriam émit un long et bienfaisant soupir. Les premières prises de bec avaient été vives, un peu pas mal par sa faute, et elle n'était nullement convaincue de la sincérité des protestations de « son père » au sujet de Cavoure. Elle devait cependant reconnaître qu'il n'était pas aussi repoussant qu'elle l'avait espéré. Elle avait ses yeux noirs, le même nez ! Elle aimait sa façon de parler français ; il avait le fameux accent italien, avec ce je-ne-sais-quoi de charmant, et des tournures curieuses, venues de l'italien supposait-elle. S'il disait vrai ? Elle ne savait rien de la vie d'Alain Cavoure, il était possible que son travail ait fait des mécontents, laissé des comptes à régler...

Pour l'instant, se ravisa-t-elle, redressant subitement la tête, il n'était pas question de tomber sous le charme, de donner dans le numéro de Sandrelli. Jusqu'à preuve du contraire, il demeurait le premier suspect dans la disparition de Cavoure. Sa réaction quand il avait renversé du vin, ses premiers mensonges au sujet de sa mère...

Il mentait effrontément. Myriam, ne te laisse pas avoir pour un verre de vin que tu as dû quémander !

Gianni Sandrelli revint en tenant une photographie encadrée. Isabella, qu'il lui désigna du doigt sans rien dire, se tenait au côté d'un Gianni Sandrelli beaucoup plus jeune, facilement reconnaissable. Ils étaient beaux, gais, au centre d'un groupe de cinq personnes. Sa mère était une vraie beauté, en dépit d'une coiffure et d'un maquillage 1970 qui ne l'avantageaient guère. Son sourire était radieux et, dans le regard du jeune Gianni, Myriam lut une telle confiance, une telle candeur qu'encore une fois, ses soupçons furent mis à l'épreuve – par une épreuve, si l'on peut dire.

– Dis franchement, fit Sandrelli. J'ai l'air d'un assassin ?

– Non.

– Isabella était adorable ! Penses-tu que j'aurais laissé tomber une femme pareille comme une allumette ? J'ai gardé sa photo. J'espère qu'elle a été heureuse, ta mère était faite pour le bonheur. Ce n'est pas vrai de tout le monde.

Myriam ne sut que dire. Gianni Sandrelli avait au moins l'énorme avantage d'avoir connu Isabella Carboni. Pour lui, elle n'était pas qu'un nom ajouté trop tard à sa vie, il l'avait aimée dans la fleur de sa jeunesse, de sa beauté, serrée dans ses bras, il avait connu son corps, son odeur, ses rires et ses larmes. Gianni Sandrelli avait les yeux tristes en lui parlant de sa mère et sa peine ou ses regrets avaient autant de dignité que sa propre colère.

Myriam se secoua, posa la photo. Un peu plus et elle sympathisait avec Sandrelli. C'était l'effet voulu, bien sûr, son père savait jouer des instincts des femmes, elle était presque tombée dans le panneau. Se reprochant sa naïveté, elle retrouva sa méfiance.

– Tout ccla est touchant, reprit-elle, mais n'explique pas pourquoi tu as tué Cavoure. Évidemment, tu ne l'as pas descendu toi-même. Tu as des hommes pour tes besognes, ta femme n'aimerait pas que tu rentres à la maison couvert de sang, c'est tellement dur à laver. J'en sais long sur ce que tu fais pour gagner ta vie, Gianni Sandrelli. Tu as fait disparaître Cavoure. Il t'avait découvert et je l'ai su.

– Je pense que tu devrais te montrer dehors. Pour que ton mari te voie, je suppose. Je ne sais pas si tu es mariée et tu serais ma fille ! Nous parlons depuis longtemps.

– J'oubliais !

– Je vais t'ouvrir.

– Je ne suis pas mariée, dit Myriam en se levant, mais j'ai mon homme. Il fait des meubles. Il était anthropologue, il a tout lâché pour rester avec moi, pour devenir ébéniste. Toi, tu n'as pas eu autant de cœur pour ma mère.

Sandrelli la fixa d'un air intrigué. Il la laissa sortir sans rien dire.

Myriam avait exagéré. Félix n'avait pas abandonné ses études, qui l'auraient obligé à vivre un an en Bolivie, pour rester avec elle ; la culture de la coca là-bas et les politiques du gouvernement Lozada auraient rendu sa situation périlleuse. Sandrelli n'avait pas besoin de le savoir. Comme la première fois, elle fit quelques allers-retours devant le Casa Reggina. De l'intérieur, à côté de son garde du corps, Sandrelli la regardait faire le trottoir. Elle se demanda s'il avait déjà eu des femmes à son compte. Au moins, il la prenait au sérieux, il tenait à la voir rassurer son « ange gardien ». Pour éviter une descente de la police ?

Gianni Sandrelli – son père – était à la fois un imbécile qui n'avait rien compris et un homme intelligent, Myriam n'en doutait pas, et son ascendant sur ses hommes lui faisait une forte impression. Elle sentait chez lui une vanité, une vacuité qui la dérangeait. Ses paroles et ses actes étaient fabriqués, commandés par sa volonté, son rôle de meneur d'hommes, elle ne sentait pas chez lui la moindre sincérité. Le personnage était suffisant, froid malgré ses éclats, un enjôleur qui savait au moment propice sourire avec émotion ou manifester son agacement, sa colère. Sans doute avait-il comme tout le monde des problèmes personnels, il croyait qu'un certain artifice pouvait les masquer. Il se trompait ou il n'avait pas parfaitement maîtrisé son âme. Charmant ou charmeur, il dégageait peu de chaleur. Myriam le prit en pitié, ce qui l'aida à vaincre son antipathie initiale.

Myriam s'arrêta devant la porte. Sandrelli la fit entrer. L'ayant aperçue, Félix soupira et reprit la lecture de *Baleines, dauphins et marsouins* du National Geographic. Depuis quelques minutes, il avait refermé le livre, consultait sa montre nerveusement et surveillait l'entrée du Casa Reggina. Le resto où il se trouvait était opportunément situé de l'autre côté de la rue. C'est ici qu'après avoir repéré les lieux ensemble, ils avaient décidé du plan d'opération en partageant une pizza. Il était assis contre le mur, légèrement en retrait, et buvait son troisième café. Il l'avait vue sortir une première fois, une deuxième, il voyait le garde du corps de Sandrelli posté dans la vitrine.

Il stoppa la serveuse et commanda une bière. « Finis-en, Myriam, songea-t-il, j'ai du travail, la

Rouleau doit passer demain. » Chaque fois qu'il levait les yeux, il voyait un panneau derrière la caisse : « Tous chèques en argent comptant acceptés. » Tut-tut-tut ! Sandrelli ne devait pas afficher de pareilles facéties dans son restaurant.

Il reprit la lecture de son beau livre, trouvé à moitié prix chez un revendeur de la rue Laurier. Un ouvrage qui venait tout juste de paraître, probablement volé chez le distributeur, même si le libraire n'avait rien d'un receleur, et tant mieux, le livre avait coûté trente dollars plutôt que soixante-dix.

Quarante et un

Sandrelli fut le premier à parler. Après s'être vidée de son fiel, Myriam ne savait comment poursuivre. Elle fut reconnaissante à Sandrelli de reprendre le fil de leur entretien.

– Au sujet de ton détective, dit-il, je vais t'avouer une chose. Certaines de mes activités sont *al limite, borderline*. Ici, le vin et la grappa ne viennent pas toujours de la SAQ, les cigarettes ne viennent pas toutes du grossiste. Je ne déclare pas tous mes revenus, mon comptable est un homme habile. Je fais des détours avec les lois, comme tous les autres propriétaires de restaurant, je ne cherche pas à te *raggirare*, comment dit-on, à te faire des accroires. Mais je n'ai jamais tué personne et je n'ai jamais fait tuer personne. Je n'ai jamais vu ton privé, je ne lui ai jamais parlé. Il y a une quinzaine de jours, Cavoure est venu ici, il voulait me parler. Il a laissé un message à Dino. Après, je n'ai jamais eu d'autres nouvelles. Je l'ai rappelé, il n'a pas répondu. J'ai laissé des messages, il ne m'a pas rappelé. Je peux le prouver, c'est écrit sur ma facture. Je ne peux pas te dire ce qui s'est passé, je ne sais pas quand il est mort. Comment c'est arrivé ?

– Personne ne sait. Officiellement, il est porté disparu. Son corps n'a pas été retrouvé, seulement sa voiture.

– Quoi ! Tu n'as pas de preuves qu'il est mort et tu m'accuses de l'avoir tué ? Tu as la face dure, ma fille ! *Dino, vieni qua, subito !* Je veux un témoin. C'est à Dino que Cavoure a parlé quand il est venu. *Ascolta bene.* Répète, nous t'écoutons.

– …

– Répète ! Accuse-moi d'avoir tué ton détective ! Quoi, tu pensais trouver le corps dans le *freezer* en arrière ? Courage, ma fille, un mauvais moment à passer, après tu te sentiras beaucoup mieux.

– D'accord, je n'ai pas de preuves, lança Myriam avec une note de défi. Ce que j'ai dit, par contre, j'ai raison de le penser. Mettons que je suis obligée de t'accorder le bénéfice du doute.

– *Brava*, ma fille. Tu as du caractère, j'aime ça chez les femmes.

Il se moquait ouvertement de « sa fille », comme il se plaisait à appeler celle qui était pourtant bel et bien sa fille, ce qui agaçait Myriam au plus haut point. Visiblement, il n'était nullement « ému » de retrouver son enfant perdue, il aurait pu parler à une ampoule brûlée.

– Tu lances des accusations *a vanvera*, reprit-il, à gauche et à droite. Je connais ça. J'ai déjà passé en cour à cause de mon père. Lui était plus que *borderline*, il traversait carrément. Moi, je joue avec la loi, mes avocats sont riches et mes affaires sont légales. Le meurtre, c'est pas mon affaire.

– Alors il est où, Alain Cavoure, tu peux me le dire ?

– Je pourrais t'aider, je connais du monde. Je ne promets rien, mais je peux essayer de le trouver.

– Alors essaie. Je connais une femme qui fait pitié à voir, elle serait heureuse de revoir son mari. Même s'il est mort, elle serait soulagée de le savoir.

Myriam ne trouva rien à ajouter. Elle était venue, elle avait vu son père et, de toute évidence, elle n'avait pas vaincu. Lui non plus, du reste, elle sentit vaguement qu'il en était conscient et agacé. Sa dernière offre lui paraissait plus que suspecte, et révélatrice. Elle se leva.

– Tu ne m'as pas convaincue, Gianni Sandrelli. Une crapule, je ne suis pas sûre, mais tu es un sacré menteur. Tu ne connais pas ma mère, ensuite tu me montres une photo où elle te tient le bras. Tu n'as jamais entendu parler d'Alain Cavoure, ensuite tu dis que tu lui as laissé plein de messages. Tu as cherché à m'avoir par les sentiments, je t'ai vu faire, t'es aussi subtil qu'un marteau. Tu ne t'écoutes pas, tu fais des gaffes, tu n'es pas franc et tu penses que les autres non plus ne t'écoutent pas. J'espérais au moins que tu serais bon menteur. On verra si tu tiens parole.

– J'avais raison de mentir, dit-il.

– Non ! Clinton aussi dit ça. Tu avais *tes* raisons, tu avais le choix. Les hommes disent tout le temps la même chose, tant pis pour toi.

Sandrelli la raccompagna jusqu'à la sortie.

– Je te remercie d'être venue ici plutôt qu'à la maison, dit-il en tournant la clef dans la porte.

– Je ne pouvais pas faire autrement, dit Myriam, lui glissant une dernière gaule dans les pattes, je ne sais pas où tu restes.

– Comment, Cavoure... C'est vrai, mon numéro de téléphone n'est pas dans l'annuaire. Ma femme a son numéro sous son nom de fille, ton détective n'a pas dû trouver...

Sandrelli s'était repris en virant sur deux roues, mais son étonnement n'avait pas échappé à Myriam. Pourquoi une telle surprise dans ses yeux ? *Qu'est-ce que Cavoure venait faire là-dedans, sinon ?...*

Elle n'ajouta rien, lui fit signe de la main et s'éloigna en direction de la voiture, laissée deux rues plus loin. Elle s'inclina un instant devant la vitrine d'une bijouterie, étudia un objet quelconque, le temps que Félix l'aperçoive, et continua son chemin.

Une minute plus tard, Félix sortait du restaurant. En ouvrant la porte, il croisa deux hommes qui entraient en riant et parlant fort. L'un d'eux dit : « Arrose-la bien. » L'autre répondit : « Je l'arrose certain, elle est enceinte ! » Félix se trouva sur le trottoir et la porte se referma. Il sourit. Le Québec en était donc à l'horticulture nataliste ?...

Il suivit Myriam, se défendant de tourner la tête vers le Casa Reggina. Devant lui, Myriam traversa une rue, se dirigea vers la voiture. Une adolescente sortit d'une boutique et le précéda. Elle marchait gauchement sur des plateformes en tirant sur sa jupe, tout le corps en déséquilibre. Des chaussures de handicapée, comme si les femmes qui les portaient avaient les deux jambes plus courtes que l'autre. Les acteurs antiques en cothurnes ou les femmes d'autrefois chaussées de chopines pour éviter la boue des voies publiques ne devaient pas se sentir plus à l'aise. Sa jupe était si courte qu'elle lui cachait à peine le fond de culotte. Et elle tirait dessus, par modestie. Félix ne put réprimer un sourire. Elle n'avait pas l'habitude de se montrer, une fille s'essaie – et parfois le regrette, trop tard.

Elle avait pourtant les cuisses longues et rondes, capables de provoquer une distraction à un coin de rue, et un petit derrière agréablement mobile. Félix ne voyait rien qui dût être caché... Elle était jeune : un jour elle se regarderait moins craintivement dans une glace et comprendrait. Félix la dépassa, étudia son profil, fort joli, et pressa le pas sans rien dire. Atavismes de mammifères, se dit-il, de part et d'autre. La jeune femelle s'expose et, de son côté, il avait suffi d'une belle cuisse pour empêcher le mâle de courir vers sa compagne qui l'attendait.

– Sandrelli a tué Cavoure ! lui dit Myriam dès qu'il la rejoignit. Je le sens, je le sais !

– Tu le sais ou tu le sens ?

– Je ne sais plus...

Dans la voiture, Myriam raconta la surprise de Sandrelli à la toute fin, son effort trop évident de se rattraper en apprenant qu'elle ignorait où il habitait, comme s'il avait su qu'elle le savait. Elle lui parla de ses doutes au sujet de son nom de famille.

– Il savait que je m'appelais Sarfati, je ne l'ai jamais dit au barman.

– Es-tu sûre ?

– Pas vraiment. Je me rappelle qu'au moment où il a prononcé mon nom, j'ai eu une réaction. J'étais confuse, mais j'ai senti une lumière rouge qui clignotait.

On avait volé de l'information dans le bureau de Cavoure, dont la télécopie envoyée par Michel Bourgeois. Si les cambrioleurs étaient des hommes de Sandrelli, celui-ci savait tout des dernières activités de Cavoure, notamment les noms et prénoms de ses clients. Il aurait su que Cavoure menait une enquête à son sujet pour le compte de Myriam Sarfati et sa surprise au restaurant aurait été entièrement feinte. L'écœurant ! Mais non, puisque le dossier de Myriam était resté dans la Nissan, Sandrelli ne l'avait pas vu, et que le document de Pinkerton, dont Marianne lui avait envoyé une copie, ne faisait nulle part mention du client. Myriam se trompait-elle, avait-elle donné son nom au complet ? Elle se souvenait d'avoir donné son seul prénom, avec une sorte de défiance, mais comment en être sûre ? Elle aurait dû porter un micro. Non, puisqu'elle avait été fouillée. Et non encore, ajouta Félix, Cavoure avait sûrement un fichier qui portait son nom, son bureau avait été cambriolé, son ordinateur éventré.

Comment savoir ?

Cavoure s'était engagé à trouver l'adresse de Sandrelli, il devait s'y consacrer le jour de sa disparition. Myriam et Félix en vinrent à la même conclusion. Cavoure avait été surpris par Sandrelli et sa trace s'évanouissait. Sandrelli avait paru étonné d'entendre que le détective Alain Cavoure travaillait pour elle, Myriam.

— Mais il le savait déjà si c'est lui qui a vidé l'agence de Cavoure, dit Félix. Si, encore une fois. Tu l'as vu, tu lui as parlé. Es-tu plus avancée ?

— Peut-être qu'il a renversé du vin par maladresse, pourtant il était nerveux quand j'ai prononcé le nom de Cavoure. Et il ment, je l'ai vu mentir tout le long. J'ai été tout le temps tiraillée. Gianni Sandrelli est mon père et il est un menteur et un assassin. Je ne peux pas te dire comment je me sentais ! J'aurais voulu lui sauter au cou et en même temps il me dégoûtait, quand je le regardais, il me semblait gluant, une bibitte de film d'horreur. Le pire, sais-tu ce que c'est ? Je lui ressemble ! Là, j'ai vraiment compris pourquoi j'ai le teint foncé ! Non seulement ma mère était Calabraise, mais mon père est Sicilien ! Je peux bien avoir les yeux noirs, tous mes gènes sont italiens !

– Eh, ça explique tout !

– Quoi ?

– Rien, voyons. Pourtant si, ton charme et tes beaux yeux ! Moi, en tout cas, je te trouve aussi belle qu'avant !

– Félix, arrête ! Qu'est-ce qu'on fait maintenant ?

Devait-elle chercher à protéger Sandrelli parce qu'il était son père ? Tout en elle y répugnait, elle ne se sentait aucune loyauté envers lui. Sauf qu'elle n'avait pas de preuves. Comme Sandrelli n'avait pas manqué de le lui rappeler méchamment, *elle n'avait même pas de corps !* Difficile de lancer des accusations sans risquer d'avoir l'air d'une désaxée. Ce qu'elle avait été, des médecins le confirmeraient. Ses accusations en seraient suspectes, vues comme les fabrications d'une malheureuse.

La police s'était rendue à l'agence de Cavoure la nuit où Marianne avait signalé sa disparition, les agents avaient pris leurs dépositions, plus tard d'autres policiers avaient de nouveau interrogé Marianne, Myriam. Depuis, rien. La photo d'Alain Cavoure était épinglée dans les postes de police, parmi tant d'autres, elle avait été envoyée aux autres services de la province et ailleurs au Canada, aux États-Unis, on avait retrouvé une voiture louée, puis le temps s'était remis à s'égrener comme à son habitude. Petit à petit, le dossier Cavoure était enfoui sous d'autres affaires plus pressantes, vols de voiture, braquages, femmes battues, meurtres, disparitions suspectes, viols, cambriolages, accidents de la route, fraudes et malversations, voies de fait et menaces de mort, pots-de-vin et scandales, trafics de toutes sortes et règlements de comptes diversement sanglants. L'étendue des méfaits des êtres humains était immense, de quoi déborder n'importe quel service de police. Plus la pile montait et moins la disparition de Cavoure avait de chances de revenir sur le dessus. Et plus les jours passaient, plus les chances de retrouver rapidement la trace de Cavoure s'amenuisaient. C'était plus qu'un truisme : après un certain temps, les recherches seraient abandonnées sans que personne en décide, par lassitude, par inertie. La dernière nouvelle connue au sujet de la disparition de Cavoure était que ses empreintes digitales sur les poignées, le volant et le levier de vitesse de la Neon avaient été effacées, soit par un chiffon, soit par un autre conducteur qui portait des gants. Les techniciens n'avaient trouvé aucune autre empreinte dans la voiture, pas de sang, rien. D'après le sergent-détective Bigras, il était peu probable que la Neon ait été abandonnée sur l'île Bizard par Cavoure lui-même, sauf que le conducteur n'avait laissé aucune trace permettant de l'identifier.

Myriam songeait à Marianne. Avec le temps, elle s'habituerait à manger et à dormir toute seule. Si les choses devaient traîner, cependant, la découverte du cadavre de Cavoure dans un coin de forêt perdu ne pourrait que la replonger dans sa détresse. Au pire, elle en avait pour des années à souffrir sans savoir, après quoi elle toucherait peut-être des assurances-vie, des cadeaux empoisonnés. Un peu comme elle-même avait soudain reçu un chèque d'un notaire de Frascati dont, tout considéré, elle aurait peut-être préféré ne jamais entendre parler.

« Je croyais que ça y était, lui avait dit Marianne un jour, en larmes. J'aimais et j'étais aimée, j'étais heureuse. Son métier n'était pas sans risques, mais Alain n'était pas un mordu des sports extrêmes, il ne jouait pas avec sa vie. Une fois – pas la fois dans le bois, ici à Montréal –, il s'est fait brasser par un type, je l'ai soigné, il a eu la mâchoire sensible pour deux ou trois jours, ça arrive. Qu'il disparaisse du jour au lendemain, jamais je n'y avais pensé. »

Félix gardait ses pires pensées pour lui. Le corps de Cavoure ne serait peut-être jamais retrouvé. Cavoure se trouvait au fond de l'eau, « bottiné » pour qu'il y reste. Il avait cessé depuis des jours d'espérer revoir Cavoure vivant.

– Les francs-maçons disent que la tragédie est le paradoxe à l'échelle humaine, dit Myriam. C'est vrai, vivre sa vie, c'est préparer sa mort. Et il y en a qui ne se rendent même pas jusqu'au bout, ils sont fauchés par une voiture ou un cancer à douze ans. Pourquoi on n'en parle jamais ? On vit avec les contradictions, le hasard. Œdipe veut épargner son père et il le tue. Les révolutionnaires deviennent des tyrans pires que ceux d'avant. Moi, je voulais connaître mon père et j'ai fait tuer Alain Cavoure. C'est ça, un paradoxe ? Je ferais une bonne franc-maçonne, je pourrais raconter une sacrée histoire à mon initiation.

— Tu n'as pas envie de devenir franc-maçonne !

— Mais non, je lis ça pour m'occuper l'esprit, pour essayer de penser à autre chose. Les francs-maçons ou un livre de recettes, ce serait à peu près pareil. Pour l'instant, ça m'aide à me poser des questions.

— Ça ne t'aide pas à trouver les réponses. Laisse-moi te répéter une chose, ma chérie, je veux que tu comprennes une fois pour toutes : tu n'as pas fait tuer Cavoure. Sandrelli peut-être, ou quelqu'un d'autre, mais tu te trompes si tu te mets ça sur la conscience. On ne sait même pas s'il est mort.

— Mais oui, il est mort. Je l'ai compris tout à l'heure en parlant à Sandrelli. En parlant à mon père ! J'aimais mieux quand je refusais de voir clair. C'est triste, Félix, tellement triste.

Quarante-deux

Le trajet fut moins long que prévu, Myriam arriva avec un quart d'heure d'avance. Elle gara la voiture et fit une promenade autour du Manoir Claire Fontaine pour se préparer, surmonter sa nervosité. Sa grand-mère ne finissait pas ses jours dans la misère : le complexe était immense, moderne, une passerelle couverte reliait le pavillon principal à un centre commercial, le terrain comprenait de nombreux espaces ouverts, plantés de fleurs et d'arbustes, où se trouvaient des bancs, des balançoires. Tous les parcours étaient munis de rampes de bois. À quinze heures, elle franchit le seuil du Manoir et se dirigea vers la réception. « Je viens rendre visite à Mme Adelina Carboni. » Yvonne Talbot lui dit : « Vous êtes Myriam Sarfati ? Suivez-moi, elle vous attend. »

La réceptionniste la conduisit dans une salle d'attente près de l'entrée et s'arrêta devant une dame assise dans un fauteuil. « Madame Carboni, votre visite est arrivée. » Adelina Carboni s'appuya sur sa canne et se leva. Elle tendit la main.

– Bonjour, dit-elle.

– Bonjour, je suis Myriam.

– Venez.

Adelina Carboni n'avait pas été froide, mais elle n'avait pas souri. Myriam sentit qu'elle se tenait sur ses gardes – tout comme elle-même était incertaine. La vieille dame se mit à marcher, très lentement. Dans son dos, Yvonne Talbot fit signe à Myriam de lui offrir son bras. Myriam accéléra le pas et tendit le coude vers Mme Carboni, arborant le plus beau sourire dont elle se sentait capable. Instinctivement, Adelina Carboni glissa la main sous son bras, le pressa contre son flanc et adressa à Myriam, ô, un regard qui la remplit de joie. Un geste si simple et la glace était brisée. Myriam lança à la réceptionniste un clin d'œil de gratitude.

À l'allure laborieuse des vieilles personnes, Myriam et sa grand-mère suivirent un corridor, traversèrent la salle à manger, empruntèrent un autre couloir et furent devant les ascenseurs. Durant le parcours, Adelina Carboni désignait de sa canne les salles qu'elles longeaient : la chapelle, la bibliothèque, la salle d'exercices, les cuisines, la salle de réception, où il y avait des bingos et des soirées de danse, le bureau de l'infirmière. Elle s'exprimait en peu de paroles, mais elle parlait de bonne grâce. En vérité, Adelina Carboni était parfaitement capable de se déplacer toute seule, sans s'appuyer sur personne. Sa canne était plus un artifice qu'une aide véritable, un accessoire, songea Myriam, car elle se tenait fort bien sur ses jambes, marchant lentement, certes, et cependant avec assurance. Myriam comprit que le simple fait de tenir un bras jeune était pour elle un plaisir. « Un jour, je te ferai visiter », dit-elle à Myriam, en attendant l'arrivée de l'ascenseur. Myriam serra le coude contre son flanc. Ainsi, il y aurait d'autres rencontres, d'autres visites, sa grand-mère le souhaitait déjà, et le français de Mme Carboni était correct – ainsi qu'Alain Cavoure le lui avait dit : un gros accent, mais tout à fait compréhensible. « J'aimerais beaucoup », répondit-elle. Les portes de l'ascenseur s'ouvrirent.

À l'intérieur, Adelina Carboni montra les boutons du tableau avec un sourire moqueur. Le bouton |<>| était comme neuf, alors que sur le bouton |><|, les caractères étaient presque entièrement effacés tant on avait appuyé dessus.

– Quand les enfants viennent voir les vieux, dit-elle, ils ont hâte de s'en aller ! Ils mettent le doigt ici (elle indiqua le bouton **RC**) et tout de suite là (|><|) pour que les portes se ferment au plus vite !

Dès qu'elles eurent franchi le seuil de son studio, Adelina Carboni offrit à boire à Myriam. Elle avait de la bière, un amaro, du vin rouge et du blanc, pour la visite, et des « liqueurs ». Myriam demanda un simple verre d'eau. Adelina lui remplit un verre d'un pichet Brita et le lui tendit. D'un geste circulaire, elle lui montra la pièce. « *Ecco la casa mia* », dit-elle. Elles en firent le tour en peu de temps : Adelina montra son frigo, son armoire, sa garde-robe, son lit, son téléviseur, sa petite chaîne Sony dont elle était fière, un cadeau de Noël de l'an dernier, ses meubles, ses fleurs sur le balcon. Quand elle eut fini le tour guidé de son chez-soi, il fallut bien s'asseoir et parler. Myriam attendait ce moment autant qu'elle le redoutait. Sa grand-mère lui désigna un fauteuil, elle s'assit sur le canapé.

— On est bien ici, dit-elle, on a tout ce qu'il faut.

Elle énuméra les services dont les résidents du Manoir disposaient, de la clinique médicale dans le centre commercial à la succursale de la banque qui la voisinait. Il y avait un guichet automatique au rez-de-chaussée, dans une autre aile du Manoir, auquel elle n'allait jamais, elle détestait les machines. Elle s'interrompit soudain, craignant que ces détails n'ennuient Myriam — au contraire, Myriam, qui n'avait pas vu vieillir ses parents, trouvait l'échange passionnant (enfin, instructif certainement) —, et leva vers elle des yeux candides.

— Quel âge tu as maintenant ? demanda-t-elle.

— J'aurai bientôt vingt-neuf ans. Je suis née le 13 septembre 1969.

— Je sais, répondit Mme Carboni.

Adelina Carboni lui demanda de rapprocher son fauteuil. Elle n'entendait pas bien, porta sans gêne la main à la prothèse dans son oreille. Ses yeux étaient mouillés. Myriam raconta, éleva légèrement la voix et parla lentement, pour que

Mme Carboni la comprenne. Elle comprenait, en effet, mieux que Myriam s'y était attendue. Et quand parfois sa grand-mère utilisait un mot italien, elle aussi comprenait. Quand Myriam mentionna le nom d'Alain Cavoure, sa grand-mère lui dit qu'il était venu la voir.

– Il m'a aidée à vous retrouver, dit Myriam.

Elle omit d'ajouter que depuis, à cause de cette visite, Cavoure était mort. Ou toujours « porté disparu ». À part quelques clients âgés qui avaient eu recours au comité de logement, elle connaissait peu de vieilles personnes, mais elle soupçonnait qu'elles ne voyaient pas la mort d'un œil bienveillant… Elle ne voulait surtout pas assombrir ces retrouvailles en confessant qu'elles avaient coûté une vie humaine.

– Je suis tellement heureuse de vous rencontrer, ajouta-t-elle, de retrouver ma grand-mère, et vous vous portez bien. Mes parents adoptifs sont morts *(oups !)* et tous mes autres grands-parents aussi.

Il y eut un court silence.

– Viens, je vais te montrer mes portraits.

Les murs du studio d'Adelina comptaient un babillard ainsi que des cadres vitrés où figuraient des photos de la famille d'Adelina Carboni – ses enfants, ses petits-enfants, ses arrière-petits-enfants, ses propres parents, des couples jeunes, des couples âgés, en compagnie de leurs enfants ou seuls, des jeunes portant la toge des diplômés. Çà et là, il y avait d'autres photos, sur la télé, dans des rayons, à travers des bibelots d'un goût… italien, quoi. Adelina en fit le tour avec Myriam, identifiant les personnes, racontant des anecdotes. Soudain, elle s'arrêta au milieu d'une phrase et s'exclama : « Il n'y a pas de photo d'Isabella ! » Elle ouvrit le tiroir d'une petite table et en sortit une enveloppe.

– J'ai gardé des portraits, dit-elle. Quand Isabella a parti, les hommes ont ôté les photos dans la maison. Moi, j'en ai caché.

Adelina Carboni reprit sa place sur le canapé et invita Myriam à venir à son côté. L'enveloppe contenait une demi-douzaine de photos d'Isabella, de la belle enfant nue couchée sur le ventre, dodue, sourire éclatant et rosette au front, prise par un professionnel, nom du studio imprimé sur l'image, aux photos de l'adolescente en compagnie de ses frères et sœurs, toute seule, une photo prise à son seizième anniversaire, une autre à ses dix-huit ans… Myriam reconnut instantanément la femme de la photo que Sandrelli lui avait montrée.

– Il y avait beaucoup d'autres, dit Adelina Carboni, les larmes aux yeux. En 1952, mon mari m'a donné un Kodak. Je l'ai donné à Domenico, lui ici sur la table, le fils de ma fille Emilia. Il fait des photos, il a de l'équipement, il voulait l'avoir… *in ricordo*.

– En souvenir ?

– En souvenir. Après j'ai eu d'autres Kodak, on prenait des portraits. J'en ai gardé, les autres ont disparu.

Montrant les photos à Myriam, Adelina Carboni était à la fois rayonnante de joie et triste à en pleurer, sa voix allait de la gaieté aux sanglots. « Voilà, dit-elle soudain, je vas en montrer. C'est ma maison ! » Elle prit la photo du nourrisson nu-fesses et celle de sa fille à ses dix-huit ans, où Isabella était particulièrement en beauté, et les épingla sur le babillard.

– *Isabella è morta,* déclara-t-elle, fixant les photos, *morrò anch'io. È finito il tempo delle menzogne !*

Adelina Carboni s'effondra dans son fauteuil et porta les mains à son visage. Myriam lui passa le bras autour de l'épaule. Elle-même émue, elle se répétait pour refouler ses larmes que sa première visite à sa grand-mère ne devait pas être triste. Il fallait se réjouir, se réjouir malgré les circonstances qui les réunissaient…

Myriam attrapa un mouchoir, Adelina sécha ses yeux et se moucha, se força à sourire à sa petite-fille. Son regard était plein de tendresse. Elle se leva.

– Tu veux un verre de vin maintenant ? demanda-t-elle en se dirigeant vers le frigo. Moi oui !

– Avec plaisir.

– Parle-moi de toi, Myriam. Es-tu mariée, as-tu des enfants ?

Pour la première fois, Adelina Carboni venait de s'adresser à Myriam en prononçant son nom.

Quarante-trois

Le téléphone sonna vers neuf heures. Myriam était encore au lit. C'était Marianne.

– Je vous réveille ? Je m'excuse. Moi aussi je me lève, je me suis endormie tard. La police vient de venir. Alain a été retrouvé.

– Quand ? Où ?

– Sur une berge près de Sorel, hier après-midi. Il faut que j'aille à la morgue. Je n'ai pas encore appelé les membres de sa famille.

Myriam ne sut que dire. Pour produire un son avec sa bouche, elle lança : « Je vous accompagne. Ne bougez pas, j'arrive. » Cette fois, Marianne ne fit aucune protestation.

Myriam entra dans la salle de bains, rejoignit Félix dans la douche. « Le corps d'Alain Cavoure a été retrouvé, dit-elle, parlant fort. À Sorel, dans le fleuve. Je vais chercher Marianne, fais-moi un café. » Félix sortit de la douche, cria : « Je viens avec toi. »

Myriam but son café en se séchant les cheveux. Désormais, Cavoure n'était plus seulement « disparu ». Elle ne se sentait pas coupable, mais ne pouvait chasser cette impression d'être vaguement responsable. Félix lui rappela que les responsables étaient les mêmes que les coupables, des assassins – s'il y avait eu meurtre. Et ce n'était peut-être pas Cavoure, il fallait voir encore. L'écoutant, Myriam n'arrivait pas à combattre un mauvais sentiment dans son cœur. Le véritable coupable, était-ce son père ? Et sa mère, sa vraie mère, Simone, était une enfant de Sorel…

Avec plus de trois semaines de retard, le Saint-Laurent avait donc rendu son faix : le corps avait été retrouvé sur une berge à Saint-Ignace-de-Loyola, en aval de Sorel. Après avoir passé quelques semaines dans l'eau, le cadavre avait été poussé sur la berge où il avait été exposé aux éléments. Le corps avait été découvert par deux garçons qui coupaient des quenouilles dans les marécages, ils étaient tombés sur un torse à demi submergé dans les broussailles près de la rive.

À la morgue, rue Parthenais, les policiers purent éviter à Marianne le pénible rituel de l'identification du cadavre. La dépouille étant méconnaissable, l'identification avait été faite à l'aide des fiches dentaires. On lui remit les effets retrouvés sur le corps, la montre de Cavoure, qui ne fonctionnait plus, et son alliance. C'était tout. Les poches des vêtements qu'il portait, qui avaient mieux résisté aux éléments que le corps, ne contenaient rien. Myriam et Félix se tenaient en retrait. Marianne prit l'enveloppe, se retourna et s'écroula dans les bras de Myriam.

L'autopsie, obligatoire dans un cas de mort accidentelle, fut peu concluante. Malgré les progrès des sciences médico-légales, l'autopsie d'un cadavre après une immersion aussi longue demeure difficile. L'état de décomposition des tissus mous et des organes était tel que le médecin légiste, Carole Béland, n'avait pu en tirer d'indices certains sur la cause du décès – sinon un « arrêt cardiaque », comme elle lisait parfois dans les constats de décès des médecins légistes plus âgés. Évidemment que le cœur s'arrête au décès, que la cause en soit un infarctus du myocarde, un suicide ou une balle dans la tête.

Dans le cas de Cavoure, le docteur Béland procéda d'abord à une radioscopie du corps. Les restes d'Alain Cavoure ne portaient aucune trace d'un projectile. Les anguilles, brochets et autres carnivores avaient grugé ses paupières, ses yeux et une grande partie de la face et du cou. Les viscères s'étaient presque entièrement liquéfiés, des parcelles du cerveau avaient filtré dans l'eau par les orifices crâniens. Lorsqu'elle ouvrit le crâne, il en coula une sorte de purée jaunâtre. La bile et l'urine s'étaient écoulées de la vésicule et de la vessie et il ne restait que des traces de l'estomac et du foie. À un autre moment de l'année, les eaux froides du fleuve auraient retardé la décomposition, mais en été, les bactéries avaient festoyé. Aux extrémités, la peau s'était détachée et glissait sur la chair comme un gant. Elle crut percevoir des vestiges de lésions dans les voies respiratoires supérieures, la décomposition y étant plus avancée que dans les tissus voisins, mais l'état du corps ne permettait de déterminer ni leur cause ni si elles avaient précédé ou suivi le décès. Elle ne put non plus établir si Cavoure était déjà mort au moment où son corps était entré dans le fleuve, si le décès était dû à une asphyxie par noyade ou non. La cage thoracique était remplie d'eau, mais l'eau avait pu s'introduire après le décès en raison de la perméabilité des voies respiratoires résultant d'une longue immersion. Le crâne était fracturé en un seul endroit, une fracture nette en étoile. La boîte crânienne avait donc subi un coup violent qui aurait pu être mortel, mais il se pouvait aussi bien que le corps ait frappé la structure d'un pont ou que la tête ait été heurtée par une embarcation une fois dans le fleuve. La pathologiste n'observa aucune coloration dans le temporal qui aurait indiqué une mort par noyade ; vu la dégradation des tissus, cela ne voulait rien dire. Les chairs étaient à ce point détériorées qu'aucune trace claire de lividité ne subsistait. Les liquides biologiques s'étaient dégradés au point qu'il aurait été vain de tenter de trouver toute trace de drogue, de médicament ou d'alcool. Dans la case CAUSE DU DÉCÈS, le docteur Béland écrivit « Indéterminée ».

Une chose demeurait certaine dans l'esprit et le cœur de ses proches : Cavoure ne s'était pas enlevé la vie.

Épilogue

Le service funèbre eut lieu un mardi après-midi.

Dans son homélie, le prêtre avoua candidement qu'il n'avait jamais rencontré le défunt. Qu'à cela ne tienne, le Christ avait laissé un message de Vie à tous ses enfants. Dieu merci. Myriam observait Marianne, assise avec les membres de sa famille. Marianne retint sa douleur, elle suivit l'office avec dignité. Myriam, quant à elle, pleura sans retenue. Dans un banc, d'anciens collègues de Cavoure l'enquêteur avaient pris place, d'autres privés avec qui il avait travaillé au fil des ans : Bourgeois de chez Pinkerton, un de ses partenaires de tennis, Mailloux d'une autre agence, quelqu'un de chez Massue, Denis Charbonneau qui avait sa propre agence. Ils se connaissaient, s'étaient instinctivement regroupés dans l'église. Dans un autre banc se trouvaient d'anciens confrères de l'Institut Arsène-Fleury où Cavoure avait passé une dizaine d'années comme professeur, dont le directeur en exercice, Pierre Saint-Amand, et Hubert Marchildon. Ils portaient presque tous des lunettes et, en général, ils n'avaient pas la carrure des enquêteurs. Il y avait aussi quelques policiers, certains en uniforme, d'autres en civil. Ils prirent place à part, en groupe.

Le courage de Marianne s'écroula à la sortie de l'église. Sa sœur Julie, qui lui tenait le bras, fit un faux pas. Marianne trébucha dans les marches, tomba et fondit en larmes. Leur frère Gilles l'aida à se relever, lui tendit un mouchoir et passa la main sur ses genoux. Ses bas étaient troués. Les assistants défilèrent devant elle et les membres de la famille, offrant leurs condoléances. Un certain Lucien Letour se présenta et lui dit qu'il avait été le premier à embaucher Alain Cavoure comme détective, il y avait plusieurs années. Marianne le remercia d'être venu. Plus tard, dans la voiture, elle pleura tout son soûl. Gilles attendit que la crise passe avant de la conduire à la réception. En route, il s'arrêta à une pharmacie et Julie alla acheter une paire de bas. À son arrivée chez Mme Cavoure, qui recevait les amis et les proches de son fils dans sa grande maison de l'avenue Wiseman, les joues de Marianne étaient noires de rimmel. Elle se faufila vers la salle de bains et y passa dix minutes en compagnie de Julie et Solange à se débarrasser de tout maquillage et à se refaire une tête présentable.

Marianne avait prié Myriam de venir à la réception, voulant s'entourer de personnes qui l'empêcheraient de pleurer ; ses rapports avec la famille Cavoure n'avaient jamais été particulièrement chaleureux, pour toutes sortes de raisons dont peu étaient bonnes. Les membres de la famille l'avaient vue comme une passante, sinon une passade, dans la vie d'Alain – ce qu'elle avait été, finalement. Et elle avait été reléguée à un rôle de figurante dans l'organisation des obsèques.

Alain n'aurait pas voulu d'une cérémonie religieuse dans une église, avec un prêtre, des prières au Très-Haut et de l'encens, des aspersions d'eau bénite sur son cercueil. Il ne voulait même pas de cercueil. Il désirait donner son corps à la faculté de médecine de l'Université de Montréal, puis être incinéré et que ses cendres soient dispersées. Malheureusement, comme tant d'autres dont les dernières volontés sont pourtant arrêtées, il avait omis de les mettre par écrit (il est vrai que, vu son état, le corps d'Alain ne pouvait plus guère servir à la science ou au don d'organes). Un court testament olographe que Marianne trouva dans son bureau à la maison ne faisait aucune mention de ses dernières volontés. La famille Cavoure ne tint aucun compte de ce que la compagne du défunt aurait pu avoir à dire et agit à sa guise. Marianne, n'ayant pas la force de lutter, avait laissé la famille décider de tout.

Le testament datait de quelques mois. Cavoure léguait à Marianne Cormier l'universalité de ses biens et avoirs, y compris la maison et tout ce qui se trouvait à son bureau. Il faisait cependant quelques exceptions. Ses appareils photo et ses objectifs Olympus iraient à Émilie, l'aînée de ses amis Bernard et Solange, et il léguait son ordinateur et tout le matériel informatique du bureau à son neveu Philippe. Quant au tableau du peintre Florent Cazabon – un portrait de sa fille, la violoniste Sarah Cazabon, que Marianne n'affectionnait pas particulièrement (le tableau, non la musicienne), mais qu'Alain, qui l'avait connue, avait accroché à la place d'honneur dans le salon –, Marianne Cormier pourrait en faire don au Musée du Québec si elle le désirait, mais elle ne pourrait le vendre.

À l'église, Céline, la sœur aînée de Cavoure, avait essayé de lire un « témoignage ». Elle s'était mise à pleurer, le curé lui avait passé un bras sur l'épaule et il avait lu la fin de son texte.

Hubert Marchildon la suivit au micro.

« J'ai travaillé avec Alain à l'Institut Arsène-Fleury, dit-il. Il n'y a pas longtemps, il est venu en aide à l'Institut comme enquêteur. Il a toujours été fidèle à sa formation, à ses amis, ses proches. Nous avons joué au tennis ensemble. Alain n'était pas un cogneur, il construisait ses points. Il m'obligeait à courir comme un jeune de vingt ans. Je lui demandais : coudon, travailles-tu pour mon docteur ? Alain aimait les défis, qu'ils soient intellectuels, moraux ou physiques. Tel il avait été dans ses recherches à l'Institut, tel il était dans son métier d'enquêteur et tel il était aussi dans sa vie. »

La semaine suivante, Marianne reçut une carte de condoléances de Sarah Cazabon, mise à la poste à Cincinnati. Elle s'excusait de n'avoir pu assister aux obsèques, elle était en tournée, elle était attendue à Minneapolis et San Francisco.

* * *

Gianni Sandrelli reçut la visite du sergent-détective Gosselin et du détective Corelli qui enquêtaient sur la mort d'Alain Cavoure. Il répondit à leurs questions et se tira d'affaire comme un grand, il ne fut plus jamais inquiété.

Adelina Carboni s'éteignit après avoir eu le bonheur de connaître l'enfant de sa chère Isabella, qui lui rendit visite régulièrement, ainsi que sa plus neuve arrière-petite-fille, Isabelle Simone.

Titres en poche chez le même éditeur :

ACHEVÉ D'IMPRIMER
EN SEPTEMBRE 2004
SUR LES PRESSES DE AGMV-MARQUIS
MONTMAGNY, CANADA